Ludwig Börne

Berliner Briefe

Jeanette Wohl (1783-1861).
Lithographie von Fritz L'Allemand aus dem Jahre 1832

Ludwig Börne

Berliner Briefe

herausgegeben von Willi Jasper

PHILO

Umschlaggestaltung: Gunter Rambow, Frankfurt/Main
Satz: Sven Jahn, Frankfurt/Main
Druck und Bindung: Nexus Druck, Frankfurt/Main
Printed in Germany
ISBN 3-8257-0155-7

Inhalt

Vorbemerkung

Die folgende Sammlung enthält 30 Briefe, die Ludwig Börne im Zeitraum vom 16. Februar bis 29. April 1828 aus Berlin an Jeanette Wohl in Frankfurt/Main schrieb. Von den fast 6000 Druckseiten des Werkes von Börne besteht über die Hälfte aus der Korrespondenz mit Jeanette Wohl (1783-1861). Diese Briefe dokumentieren eine zwanzig Jahre umspannende persönliche und literarische Beziehung. Seit ihrem ersten Zusammentreffen in Frankfurt im Jahre 1817 unterstützte Jeanette Wohl Börnes publizistische Vorhaben, trieb ihn regelrecht zur Arbeit an. 1822 drängte sie ihn, die ein Jahr zuvor eingestellte Zeitschrift »Die Wage« wieder herauszugeben, nennt sich selbst »Frau Wohl-Wage« und unterzeichnet ihre Briefe mit »J. Wage«.

Immer wieder versuchen Ludwig Börne und Jeanette Wohl, auch eine enge persönliche Bindung einzugehen. Es gibt Zeiten der Verliebtheit, in denen sie sich mit »Du« anreden und das Briefpapier mit Nadelstichen als Symbol für Küsse durchbohren. Börnes Repertoire an Kosenamen ist unerschöpflich: »Liebes Bärbelchen«, »Süßes Gänschen«, »himmlische Seele«, aber auch »Drache«, »Schlange« oder »Ungeheuer«, und gelegentlich verabschiedet er sich auch mit dem Kürzel »B.g.W.«, was heißen sollte: »Börne, geborener Wohl«.

Ludwig Börne brauchte Jeanette Wohl als kritische Prüferin seiner Arbeiten. Positiv verlief ihre Beziehung aber offensichtlich nur in Zeiten der räumlichen Trennung. Dieses Dilemma führte zu einer geradezu zwanghaften Korrespondenz, die deutlich wird, wenn Börne 1822 schreibt: »[...] Eine Briefpost in der Stadt wird uns tausend Freuden machen. Man kann sich auf diesem Wege sechsmal täglich schreiben, dreimal vormittags und dreimal nachmittags. Es müßte mit dem Teufel zugehen, wenn wir uns auf diese Weise nicht ewig lieben sollten.«

Jeanette Wohl bewahrte alle Briefe Börnes sorgfältig auf, sie war es auch, die als erste erkannte, daß die Unmittelbarkeit der Briefform Börnes literarische Stärke war. Schon im September 1821 schreibt sie ihm: »Ich lebe und sterbe nun darauf, die Briefe müssen gedruckt werden [...] Und wenn Sie nicht einwilligen, so lasse ich sie auf eigene Kosten drucken, sie sind ja doch mein Eigentum.« Oder in einem anderen Brief vom 27. Februar 1822: »Ihre Briefe machen mir unendliches Vergnügen, aber auch viel Ärgernis. Sie sind ungewöhnlich liebenswürdig, aber auch sehr boshaft.« Jahre später, als Jeanette Wohl Börne von der Notwendigkeit eines Briefbandes innerhalb der »Gesammelten Schriften« überzeugen will, heißt es: »Was Sie augenblicklich fühlen, denken, empfinden, sprechen Sie immer mit Kraft, Wärme und mit *ansteckender* Überzeugung aus [...] Wenn Sie aber erst anfangen, Pläne zu machen, Notizen für spätere Arbeiten sammeln, da geht immer die beste Zeit und die Begeisterung verloren. Sie sollen überhaupt nicht *arbeiten*, Sie sollen nach Eingebung *sprechen*, *reden*, dann mögen Sie es drucken lassen, wenn Sie wollen [...] Briefe liest jedermann, und Sie können ihre Grundsätze dann wie durch Zeitungen verbreiten.«

Daß Jeanette Wohl recht hatte, bewies der Erfolg der »Briefe aus Paris«, die von 1831 bis 1834 in sechs Bänden erschienen. Sie waren von Anfang an für die Veröffentlichung konzipiert, politisch durchdacht und stilistisch ausgefeilt.

Demgegenüber sind die Berliner Briefe an Jeanette Wohl aus dem Jahre 1828 literarisches Rohmaterial, Dokumente des Privaten und der Gefühle Börnes. Hier geht es ihm nicht um politische Grundsätze, sondern er versucht, sein Leben auf neue Weise zu fassen. 1828, als sich Börne von Mitte Februar bis Ende April in Berlin aufhält, scheinen sowohl seine gesellschaftliche Anerkennung als auch die Heirat mit Jeanette Wohl in greifbarer Nähe. Nach vielen persönlichen, literarischen und politischen Enttäuschungen hofft er, daß Jeanette Wohl für immer zu ihm ziehen wird. »Bärbelchen, mir gefällt es hier sehr gut«, schreibt er am 19. Februar 1828 an Jeanette, »und wenn der erste Eindruck dauernd bleibt, wollen wir in Berlin unsere Hütten bauen.« Zweimal die Woche macht er der Freundin »Meldung« aus Berlin, erstattet getreulich Bericht über alle Vorkommnisse und Begegnungen, vor allem aber über seine Gefühle. Insgesamt bieten die Berliner Briefe an Jeanette Wohl reichlich Stoff für eine detaillierte Charakterstudie Börnes. Ludwig Geiger (1), der die Briefe 1905 erstmals veröffentlichte, wollte »diesen vergessenen und verkannten Schriftsteller wieder zu Ehren bringen«, indem er durch die Herausgabe den Lesern die Möglichkeit bot, Börne »zu erkennen, wie er war«.

Wir erkennen einen 42jährigen Intellektuellen voller Selbstzweifel. Unter der rauhen Schale des fanatischen »Nazareners« (Heine), des unbestechlichen Kritikers und Satirikers, verbirgt sich ein sensibler, verletzlicher, zuweilen sehr pedantischer und eitler Mensch. Deutlich wird der untrennbare Zusammenhang von Künstlereinsamkeit und weltverachtendem Außenseitertum. Trotz der fast herausfordernd zur Schau gestellten Selbstsicherheit ist sich Ludwig Börne auch in der Lebensmitte seines persönlichen und literarischen Weges nicht sicher. Der Widerspruch, »zugleich ein Deutscher und ein Jude zu sein«, hat ihm offensichtlich mehr zu schaffen gemacht, als er zugeben wollte oder konnte.

Einige Jahre vor Ludwig Börne war Heinrich Heine durch die gleichen Berliner Kreise gegangen und hatte die gleichen literarischen Salons geistvoller Damen besucht; aber auch die Kneipabende der Bohème. Heine tat dies mit Leichtigkeit und Genuß (2), bei Börne war das anders. »Ich bin noch gar nicht recht im Takte«, schreibt er am 23. Februar 1828. »Aus meinem Stilleben plötzlich in eine geräuschvolle Welt versetzt, schwindelt mich etwas.« Börne durchschaut schnell die Spielregeln der Berliner Gesellschaft und verachtet sie. »Protegieren scheint hier sehr Sitte.« Seine Kritik am literarischen Subventionsbetrieb, die Schriftsteller würden »sehr gefüttert«, ist höchst aktuell.

Börne verspürt große Lust, »wie ein Wolf in diese Herde Schafe« einzubrechen, und nicht minder sarkastisch äußert er sich zum Kunstverstand des Bildungsbürgertums als »auswendiggelernten Enthusiasmus« oder »triviale Galeriebemerkungen«, die jeder »legitimen Fratze« untertänig huldigten. Unbarmherzig spottet er über den Adel und seine Soireen und verbreitet genüßlich Klatsch über jüdische Kreise. Trotz aller Kritik beeindruckt ihn aber das großstädtische und liberale Flair Berlins, mit dem sich das enge und provinzielle Frankfurt nicht vergleichen konnte.

Oft überaus pedantisch muten Börnes Schilderungen seiner Tagesabläufe an. Wir erfahren Einzelheiten seiner Gebrechen, erleben ihn im Kampf gegen Rauch- und Naschsucht. Auf seinen Gängen zu Berliner Behörden erkundigt er sich auch nach den gültigen Heiratsvorschriften preußischer Standesämter. Um die Kosten eines gemeinsamen Haushaltes zu ermitteln, stellt Börne detaillierte Preisvergleiche an und teilt sie Jeanette mit. Man erfährt Einzelheiten über den Berliner Wohnungsmarkt, über Lebensmittelpreise und die Qualität des dortigen Weines (»die Flasche 12 Batzen, von gleicher Güte als in Frankfurt«) ebenso wie über die Vorzüge der Berliner Kachelöfen und andere Dinge des Alltags. Mehr und mehr gibt Börne seine Zurückhaltung auf und knüpft Kontakte. Nach einigen erfolgreich verlaufenen Soireen gewinnt seine Eitelkeit die Oberhand: »Ich gefalle überhaupt allen. Wer hätte das gedacht! Wer hätte das gedacht!« Später bestellt er bei Jeanette einige Portraits, »aber ohne Unterschrift«, um sie bei Bedarf signieren und verschenken zu können. In Frankfurt hergestellte Tassen, die mit seinem Bild versehen sind, ordert er gar per »Eilwagen«.

Aus verschiedenen Stellen wird deutlich, daß Börne die »Berliner Briefe« als Material für ein literarisches Projekt betrachtete. »Zu einem Romane hätte ich wirklich große Lust«, schreibt er zum Beispiel am 18. April, »aber mein Gott, wie viel fehlt mir dazu, wieviel Talent, wieviel Stoff. Ich bin aber jetzt zu diesem Zwecke sehr aufmerksam auf meine Bekanntschaften.« Die »Berliner Briefe« ermöglichen dem Leser einen

Blick in Börnes literarische Werkstatt. Wie er schon 1823 in seiner ›Anleitung‹, dem Aufsatz »Die Kunst, in drei Tagen ein Originalschriftsteller zu werden« empfohlen hatte, schreibt auch er »alles nieder, was [ihm] durch den Kopf geht«. Neben stilistisch ausgefeilten Passagen finden sich ungelenke Verse; scharfsinnige Beobachtungen wechseln mit belanglosen Mitteilungen. Die Briefe zeigen exemplarisch Börnes schriftstellerisches Prinzip: Er besucht eine langweilige Literatenversammlung und macht daraus einen Kommentar über die Berliner Kulturszene; mit Leichtigkeit entwickelt er aus scheinbar Unwesentlichem Grundsätzliches. Die Tonangebenden der Berliner Gesellschaft sind für ihn Studienobjekte für seine literarischen Pläne. Die eigentliche Hauptperson, über die Börne berichtet, ist die Salondame Mariane Saaling, eine schöne und einflußreiche Frau, deren gesellschaftliche Karriere auf dem »Wiener Kongreß« begann. (3) »Die M.S. ist ein Studium, ich lese sie und durchblättere sie wie ein Buch [...]« Und an anderer Stelle: »Es gibt keine Person, mit der man besser einen Roman spielen kann als mit ihr. Sie ist selbst ein ganz fertiger Roman. Ein wunderliches Gemisch in ihr von Wahrheit und Dichtung. Und in eine solche Rolle einzugehen, bin ich ganz der rechte Mann. Ich treibe wahre Stil- und Deklamierübungen mit ihr.«

Regelmäßige Besuche macht Ludwig Börne von Anbeginn auch bei Henriette Herz, jener geistvollen Frau, die er 26 Jahre vorher als Student schwärmerisch verehrt hatte. Große Gefühle waren nicht geblieben. Gnadenlos beschreibt er die Veränderungen, die das Alter mit sich brachte: »Ihr faltenreiches Gesicht erschien mir als ein Vorhang, hinter dem sich ihre einstige Schönheit versteckt hielt. Ich zog ihn weg, aber es war nichts dahinter.« Zu literarischen Stilübungen geraten auch die Beschreibungen der Berliner Prominenz. Das erste Gespräch mit dem Naturwissenschaftler Alexander von Humboldt (4) reduziert sich auf eine Fachsimpelei über Hosendiebstähle, wenn man Börne glauben darf. Die Schilderungen der Salonatmosphäre im Hause des Varnhagen von Ense (5) und seiner Gattin Rahel Levin (6) gleichen dem mondänen Partyklatsch von heute. Auch die Mitglieder der Mendelssohnschen Familie (7) werden wie Figuren in einem Boulevardstück vorgeführt. Begegnungen mit dem berühmten Theologen und Philosophen Friedrich E.D. Schleiermacher (8) werden nur am Rande erwähnt, da Börne ihn aus seiner Studienzeit in Halle in unangenehmer Erinnerung hatte. Börnes besonderer Spott gilt Schriftstellern, die er für nur mittelmäßige Talente hält, wie beispielsweise Ludwig Robert. (9)

Hegel hingegen hätte er – wie er mehrfach betont – gerne getroffen, doch es existierte 1828 keine gemeinsame gesellschaftliche Parkettebene in Berlin, auf der sich der freischaffende Publizist aus dem Frankfurter Judenghetto und der auf dem Gipfel seines akademischen Ruhms angelangte Universitätsdirektor hätten begegnen können. Hegel reiste damals quer durch Europa, um mit internationalen Berühmtheiten aus Wissenschaft und Politik zu konferieren. Er besuchte zwar Goethe in Weimar – für einen Termin mit Börne aber ergaben sich weder Anlaß noch Gelegenheit.

Ein Psychogramm der Leidensgeschichte Börnes sind jene Briefe, in denen er erkennen muß, daß Jeanette Wohl mit der geplanten Abreise aus Frankfurt zögert, ihn hinhält, die Heiratspläne an Konkretheit verlieren. Schlagartig ändert sich der Briefton. Schnörkel fallen weg, der Verfasser wird ernster und eindringlicher; er verzichtet auf den koketten Wechsel in der Anrede zwischen »Sie« und » Du«, es bleibt allein das »Du«. Verzweifelt und enttäuscht ist er, wenn einmal ein Brief von Jeanette ausbleibt: »Was habe ich Dir getan Jeanette, daß Du mir heute nicht geschrieben? Der süße Klang meiner Türglocke brachte mit keinen Brief. Ich habe einen Festtag verloren.« Solche Sätze signalisieren Abhängigkeit und Schwäche, die verständlich machen, daß Jeanette Wohl im Laufe der Jahre zu der Überzeugung kommt, ihr Selbstbewußtsein reiche für eine Heirat mit Börne nicht aus. Mehr Geborgenheit verspricht ihr die Ehe mit dem zwölf Jahre jüngeren Frankfurter Kaufmann Salomon Strauss, den sie allerdings in ihre Fürsorgepflicht für Börne einbindet. In ihrer Anwort auf Salomons Werbung schreibt Jeanette Wohl 1832: »Der Doktor hat niemanden auf der Welt als mich, ich bin ihm Freundin, Schwester, alles, was sich mit diesem Namen Freundliches, Teilnehmendes, Wohlwollendes im Leben geben, bezeichnen läßt [...] Solange ich lebe, bis zum letzten Atemzuge, werde ich für Börne die Treue, die Liebe und Anhänglichkeit einer Tochter für ihren Vater, einer Schwester zu ihrem Bruder, einer Freundin zu ihrem Freunde haben. Wenn Du das Verhältnis nicht auffassest, nicht begreifst, mich nicht genug kennst ... so ist alles aus und Nacht.«

Jeanette Wohls Antworten auf die »Berliner Briefe«, deren Erhalt Börne regelmäßig vermerkt, finden sich nicht im Nachlaß. Vermutlich wurden sie nach der Heirat Jeanettes mit Salomon Strauss vernichtet. Er hat später auch in Börnes Briefen all jene Stellen geschwärzt, die ihm zu intim erschienen.

Die Briefedition ist eine überarbeitete und neu gestaltete Fassung des vom Herausgeber 1987 in der Anthologie »Über das Schmollen der Weiber« vorgelegten Textes. Sie stützt sich auf die Erstausgabe Ludwig Geigers (1905) und die von Inge und Peter Rippmann zwischen 1964 und 1968 herausgegebenen »Sämtlichen Schriften« Ludwig Börnes. Nach Vergleich mit den Orginalmanuskripten wurden geringfügige Korrekturen und Ergänzungen vorgenomen. Schreibweise und Zeichensetzung sind dem heutigen Sprachgebrauch angeglichen.

Willi Jasper — Berlin im Oktober 1999

Berlin, Samstag, d. 16. Febr. 1828

Juten Morjen meine Liebe jute!
Ich werde Ihnen ganz lakonisch schreiben müssen. Alle Augenblicke muß ich fürchten, unterbrochen zu werden, denn ich erwarte Besuche. Sie müssen sich mit diesen Zeilen begnügen, so wenige sie auch werden mögen. Das erste und dringendste Geschäft ist, daß ich mir eine Wohnung suche. Dann in den ersten Tagen schreibe ich Ihnen umständlicher. Sobald ich hier ankam (gestern vormittag 10 Uhr), fuhr ich auf die Post und holte Ihre Briefe. Sie ängstigen sich darin schon über Kälte, was wird erst in späteren Briefen geklagt werden! Aber wie gut habe ich die Reise vertragen. Nicht den kleinsten Schnupfen habe ich davon bekommen. Auch das Umknüpftuch hat nicht gefehlt. Dazu brauchte ich die rote Leibbinde, die mir zu ihrer eigentlichen Bestimmung überflüssig war. Erst am nächsten Dienstag schreibe ich Ihnen wieder, aber ausführlich, bis dann werde ich wohl in Ordnung sein. Gesehen habe ich gestern die Herz, Robert und Gans. (10) Die erste Frage der Herz: was macht Madame *Wohl*? Und als ich nach einiger Zeit wegging, fragte sie mich mit Verwunderung, ob denn Madame Wohl mir keine Grüße für sie aufgetragen? Die erste Frage der Robert: wie befindet sich Madame Wohl? Ich glaube, daß es mir hier gefallen wird. Sei nicht böse, Mütterchen, daß der Brief so kurz. Ich konnte nicht anders. Ich habe so viel tausend Dinge zu tun, daß ich nicht weiß, wo anzufangen. Ich bin übrigens des besten Humors und war es auf der ganzen Reise. Ich Ärmster habe die Nadelstiche, von denen Sie schreiben, nicht gefunden. Meine sind deutlicher.

Berlin, d. 18. Febr. 1828

Me voilà ausgepackt und eingerichet in meinem Privatlogis. Friederichsstraße Nr. 161. Ich bin gesünder als je und vergnügter als – ich wollte sagen, so vergnügt als man sein kann ohne irgendein Bärbelchen. Die Reise hat mir sehr wohlgetan, sie hat mir Leib und Geist gescheuert, und beide glänzen wie ein Kuchenbecken drei Tage vor Pfingsten. Und hat sie mir nicht schon in drei Deiner Briefe zwei *Du‹s* eingebracht? Kann man bessere Geschäfte machen? Ich werde manches vergessen haben von dem, was ich erzählen sollte, da ich bis jetzt in gar zu großer Verwirrung war, zerstreut durch Wohnungsuchen, durch neue Verhältnisse u. dergl. Künftig aber werde ich jeden Abend alles gleich aufschreiben, um meinem Bärbelchen vollständige und getreue Berichte zu geben. Ich will jetzt zu den verlebten Tagen zurückkehren. Als ich Freitag vormittag hier ankam, konnte ich in dem beabsichtigten Wirtshause nicht einkehren, weil alles besetzt war, und ich stieg im Hotel de Rome [ab], wo ich mich bequemen mußte, ein Zimmer im dritten Stock zu nehmen. Ich zog [m]ich gleich darauf an und suchte die Herz auf, in der Wohnung, wie sie der Adreßkalender angab. Ich stieg die zwei Treppen eines kleinen Hauses hinauf, und das sah alles so ärmlich aus, und das Dienstmädchen, das mir entgegenkam, war eine so elende Sudelmagd, daß mir das Herz wie zusammengeschnürt war, als ich bedachte, in welchem Glanz ich einst die Herz gesehen und in welcher bedrängten Lage ich sie wiederfinde. Sie war nicht zu Hause. Nach einigen Stunden kam ich wieder, und da fand sich zu meiner großen Freude, daß ich irregegangen und nicht zu der Hofrätin, sondern zu der Doktorin Herz, deren Schwester, gekommen. Ich sprach sie aber dennoch aus Artigkeit. Sie wohnt in einer Art Dachstube und ist die Witwe eines Arztes, der in der Provinz vor zwei Jahren gestorben. Da habe ich denn an diesen zwei Schwestern ein Beispiel gesehen, wieviel auf Verstand und festen Willen ankommt. Beide sind Witwen, beide alt, beide kinderlos und arm, aber während die Hofrätin sich aufrechterhält, wie eine junge Frau in Tätigkeit und in Zerstreuungen lebt, und immer noch wie in den Tagen ihrer Schönheit und ihres Glanzes geachtet und gesucht wird, läßt die andere den Kopf hängen und ist betrübt und verlassen. Auch habe ich bald gemerkt, daß beide Schwestern nicht harmonieren. Sie wohnten früher beisammen, trennten sich aber, wegen der Unverträglichkeit ihrer Ansichten und Lebensweisen. Darauf besuchte ich die echte Herz, die in einer ganz anderen Gegend recht hübsch wohnt. Sie hat kleine Zimmer, die sie aber durch hundert artige Flitter zu verschönern wußte. Ich wurde mit Freude und Herzlichkeit aufgenommen. Die Herz ist jetzt 64 Jahre alt, aber die Spuren ihrer Schönheit erkennt man noch. Im Gehen hält sie sich aufrecht, aber wenn sie sitzt, ist sie ganz eine alte Frau. Ich habe sie in ihrem Sommer gesehen – eine Juno! und das war damals das Wort in jedes Mund. Und jetzt! Ich habe in alten, verfallenen, unbewohnten Palästen schwere, rotsamtne, mit Gold verbrämte Vorhänge gesehen, zerfetzt und abgebleicht – dieser Anblick schon rührte mich immer – und so ist das Herz! Sie hat das Glück, sich über ihren Verfall noch zu täuschen. Ich fand sie sehr zurückgekommen in den neun Jahren, daß ich sie nicht gesehen; sie aber sagte mir: Sie werden mich besser aussehend finden als damals, da ich aus Italien kam. Jawohl, antwortete ich, das italienische Klima war wohl schuld, daß Sie damals so schlecht aussahen? Sie erwiderte: nein, das nicht; aber meine Reisegefährtin hatte mir so viel Verdruß gemacht, daß meine Gesundheit darunter litt. Die Herz lebt in beständiger Tätigkeit und benutzt die Viertelstunden, als wären es Tage. Darin erscheint sie nur sehr weise und darum achtungswert. Sie vollbringt ihre Arbeiten, als wären es Vergnügungen, und behandelt ihre Vergnügungen als Geschäfte. Jeden Vormittag von 9 bis 12 Uhr unterrichtet sie die Kinder armer einst vermögender Eltern in allen lebenden Sprachen, und zwar unentgeltlich. Sie tut dies schon seit 1813. Damals nämlich, im Befreiungskriege, als sich die Frauen zur Krankenpflege in den Spitälern vereinigt, habe sie an dieser Wohltätigkeit nicht teilnehmen können, weil sie ihren Abscheu gegen Kranke nicht zu überwinden vermochte; um aber nicht müßig zu bleiben, habe sie die Kinder derer, welche der Krieg in Armut gestürzt, zu unterrichten begonnen, und so fahre sie noch immer fort. Ich besuche die H. alle Tage, weil sie es wünscht, und ich es gern tue. Beim zweiten Male fand ich den *Fürst* (11) bei ihr, an welchen mir Dr. Goldschm. (12) eine Empfehlung mitgegeben. Sie lobt diesen Mann, der mit ihr verwandt ist, sehr. Da kam auf meine Schriftstellerei die Rede. Als ich bemerkte, ich hätte viel Glück, sagte die Herz, ich hätte nicht weniger Verdienste. Zwar erfreue sie sich weniger an meinem Humor – (dieser ist den Frauen selten zugänglich, bemerkte ich) –, aber, jede sentimentale Zeile von mir mache ihr die größte Freude. Meine Rede über J. Paul (13) habe sie entzückt. Mein Aufsatz über die Sontag (14) hat hier Furore gemacht. Wer mich spricht, erzählt mir davon, und wer ihn noch nicht gelesen, gibt sich Mühe, ihn herbeizuschaffen.

Freitag nachmittag ging ich zu Robert. Es ist wahr, seine Frau ist wunderschön! Ich habe das damals in Karlsruhe gar nicht so bemerkt. Schon 32 Jahre alt, hätte ich sie für eine 24jährige gehalten. Sie ist sehr gut, auch verständig, auch kokett, aber recht lieb dabei. Sie spielt mit ihrer Schönheit wie ein Kind mit seiner Puppe und erzählt sehr ausführlich, wie sie allen gefalle, und schon Duelle wegen ihr vorgefallen. Sie kramte mir ein ganzes Paket Gedichte aus, unter andern von Oelsner (15) in Paris, von Fouqué (16) und – verzweifele Ungetreue! – von Deinem *Hans* (17), *drei* Sonette! O wie freute ich mich! Die müsse ich haben, sagte ich – und auf der Stelle schrieb sie sie mir selbst ab. Sie sind nicht gedruckt. Ich schicke sie Ihnen durch Lindenau (18) (erinnern Sie mich nur daran), o süße Rache! Der Robert lebt hier jetzt vergnügt wie ein Hecht im Rhein. Er schreibt viele Stücke fürs Theater, die sehr gefallen. Ich traf einmal den Musikdirektor bei ihm, mit dem er, im Zimmer auf- und abgehend, die Einrichtung eines nächst aufzuführenden neuen Melodramas besprach – und mit welcher Wichtigkeit, und wie sich die Hände reibend, und mit welchem strahlenden Gesichte, und wie er in sich hineinlächelte, und den süßen guten Beifall vorauskostete – und da erinnerte [ich] mich, wie oft ich den Spiro (19) mit meinem Vater oder sonst einem in gleicher freudiger Bewegung im Zimmer auf- und abgehen sah, ebenso lächelnd, sich ebenso die Hände reibend; aber es betraf Renten – es gibt doch allerlei Narren!

Samstag mittag speiste ich bei Robert. Abends brachte ich der Staatsrätin Uhden (20) den Brief ihrer Schwester. Die Herz hatte mir vorausgesagt, sie werde auch da sein. Als ich hineinkam, zeigte mir die Uhden eine schöne Dame, die mich lächelnd begrüßte. »Die kennen Sie gewiß?« Ich lächelte mein *Nein* auf gewohnte Weise. Es war Mariane Saaling. Sie sehen (es soll ein kleines S sein) und sie lieben, das folgte so nahe aufeinander, daß ich nicht die Zeit hatte, dazwischen zu atmen. Und – warum schließe ich diesen Brief nicht und lasse ihn nicht den letzten sein? O die Macht der Gewohnheit! ich liebe mein Bärbelchen nebenbei auch. Wie einnehmend ist diese Mariane! Wie schön erschien sie mir! Ich erinnere mich gar nicht mehr, daß es eine Zeit gab, wo ich sie nicht gekannt. Und so hätte ich denn jetzt auch einen Hans und eine Kebsfreundin! Die Uhden ist eine Frau mit grauem Kopfe, aber ganz kräftig und munter. Sie hat eine wunderschöne Tochter, eine hehre Gestalt, die Braut geworden kürzlich mit *Hotho* (21), einem Dichter und Busenfreunde des Prof. Gans, der noch jedesmal mit ihm in Frankfurt war. O was stürmt die Uhden gegen Frankfurt, und wie lustig macht sie sich über das Volk dort. Von der Uhden gingen wir alle zur Madame Levi (22), die im nämlichen Hause wohnt, und deren Gesellschaftstag gerade war. Sagen Sie dem Dr. Reis (23), sie habe sich sehr angelegentlich nach ihm erkundigt, und zwar noch ehe ich sie von ihm gegrüßt. Sie freue sich, daß es ihm wohl gehe.

Sonntag vormittag brachte ich der Mariane Saaling ihre Briefe. Und da sah ich sie im Sonnenlichte, und Du kannst freier atmen, Bärbelchen. Wie verblüht ist sie! Wie günstig ist die Nacht den Weibern. Den Abend vorher kam sie mir wunderschön vor! Da kamen auch ein paar junge, garstige Professoren zum Besuche. Die Mariane plaudert sehr angenehm und man fühlt sich sehr behaglich bei ihr. Von ihr ging ich zu Julie Saaling (Frau Dr. Heyse) (24), die mich auch sehr herzlich empfing. Welch ein Glück hat die gemacht! Ihrem jungen Manne liegt die Bravheit unverkennbar auf dem Gesichte. Was haben wir über Frankfurt gelästert! Beide Schwestern hatten schon mehrere Male ausgerufen: wie es denn komme, daß wir zehn Jahre in Frankfurt zusammen gelebt und uns nicht kennengelernt hätten! Ich murmelte: ja, Sie haben bei Herz gewohnt. Nun, sagte Mariane, ich kann es mir wohl erklären.

Den Mittag aß ich bei Varnhagen. Was ist mit dem und seiner Frau eine merkwürdige und närrische Seelenwanderung vorgegangen! Schon als sie das letzte Mal in Frankfurt waren, habe ich das bemerkt. Eine Verlegenheit in der Unterredung, eine ängstliche Zurückhaltung und – möchte ich sagen – eine gewisse Furcht, mir ins Gesicht zu sehen. Das ist nun alles noch viel schlimmer geworden. Wir drei waren allein bei Tische, und das waren so lächerlich traurige gehackte Gespräche, das waren so dumme Pausen, und im ganzen Zimmer war ein gewisser Schwefelgeruch, als hätte das Donnerwetter hineingeschlagen. Er und sie machten höchst langweilige diplomatische Gesichter, nach dem Essen hielt die Varnhagen ihr Mittagsschläfchen, – und ich blieb noch eine Stunde mit ihm allein. Hatte sich früher die Dummheit im Schweigen gezeigt, so zeigte sie sich jetzt im Reden. Ich fragte ihn, ob er viel in Gesellschaften komme, und da sprach er mir vom Hof, von diesem und jenem Prinzen, den er besuche, und sprach von nichts als von Prinzen, als gäbe es sonst keine Menschen in Berlin. Endlich kam das Hauptgespräch auf die Berliner Literaturzeitung und meine Schrift darüber. (25) Da geriet er nun in solche Heftigkeit und war so unanständig, daß es zum Erbarmen war. Ich hatte meine größte Schadenfreude. Er, der Diplomat, kochte und war bitter wie Tee ohne Zucker, und ich, der Demagog, war kalt und süß wie Gefrorenes. Meine Schrift hat ihn ganz wütend gemacht. Als ich ihm bemerkte: alle Welt wäre meiner Meinung, sagte er, ja, ich hätte die falschen Ansichten über die Zeitung verbreitet. Das Komischste war, daß er nur vorwarf, ich sei echt deutsch. Er suchte eine ganze Stunde lang, mich zu bekehren, es war aber gerade, als wollte er den Fahrturm wegschieben, und da geriet er in die heftigste Bewegung und sagte ganz rot: jetzt sehe ich doch ein, daß ich zum Advokaten nichts tauge. Früher bei Tische sagte er mir mit der größten Ernsthaftigkeit: ich müsse doch sehr über die Großmut der Berliner Societät verwundert gewesen sein, daß sie mir auf meine Schrift nicht nach Gebühr geantwortet. Ich lächelte. Auch sagte er mir (doch dies freilich im Scherze), er habe gehört, ich sei nach Berlin gekommen, bei der kritischen Societät amende honorable (26) zu tun. Kurz, Bärbelchen, Dein kleiner David hat mit der kleinen Schrift, die er gegen Berlin geschleudert, vielen gelehrten Goliaths Löcher in den Kopf geworfen. Gelobt sei Gott der Herr.

Sonntag abend führte mich Mariane Saaling bei Mendelssohn-Bartholdy ein. So heißt der Vater des Felix, zur Unterscheidung von seinem Bruder Joseph, an den mir Speier (27) einen Brief mitgegeben. Ich wurde sehr freundlich aufgenommen. Mein Sontags-Aufsatz wurde auch da besprochen und allerlei daraus zitiert. Es war eine ziemlich zahlreiche Gesellschaft, und es war mir da sehr behaglich. Mendelssohn, seine Frau und der Felix gefallen mir alle. Es wurde Klavier gespielt, gesungen, aber so, wie ich es liebe, nicht zu lange. Obzwar ich von Klavierspielen nichts verstehe, so muß ich doch gestehen, daß ich das Spiel des jungen Mendelssohn ganz vortrefflich finde. Er spielt mit sehr gutem Geschmack. Mit der Mariane Saaling unterhielt [ich] mich viel und auch mit der Julie. Ich fragte erstere: was sie diesen Morgen genäht, als ich bei ihr war; ich müsse das alles genau nach Hause berichten. »Ich kann mir denken an wen.« Da wurde der arme Carl (28) rot, und er sagte: ja, an Madame Wohl. »Ich kenne sie, ich habe sie einige Male gesehen. Warum kam sie nicht mit nach Berlin?« Das Wetter war zu schlecht. »Nun, dann kommt sie wohl später. Es ist gut, daß Sie voraus hergekommen; man muß sich so einen Ort anprobieren. Müssen Sie auch schreiben, was ich angehabt habe?« Nein. »Nun, ich will es Ihnen sagen, ich habe Kinderzeug für meine Schwester genäht.« – Die Julie fragte ich, was denn mit Varnhagen so eine wunderliche Veränderung vorgegangen?

Sie erzählte mir: er, oder vielmehr sie, sei vornehm geworden, und sie beherrsche ihn ganz. Sie sei eine superkluge Frau, und aus Superklugheit mache sie die größten Fehler. Sie machten jetzt ganz die Aristokraten und seien unausstehlich.

Bei Mendelssohn sieht es sehr fein aus, obzwar wir nur in den Alltagszimmern gewesen. Auch die Bewirtung hat einen Anstrich von Feinheit und altherkömmlichem Reichtum. Man zeigte mir sehr viel Teilnahme. Die Mendelssohn sagte mir: betrachten Sie unser Haus als das Ihrige und er: kommen Sie, wann und sooft Sie wollen. Ich bin auf Mittwoch dort zu Tische gebeten.

Mein Freund Gans läuft mit mir in den Kaffeehäusern, bei den Restaurateurs herum. Er ist ein Bonvivant und bedauert nur, daß mit mir nicht viel zu machen sei. Alle hundert Schritte begegnet er einem Bekannten auf der Straße, dem er mich vorstellt, und diese Leute kennen mich alle, und der Aufsatz von der Sontag kommt dann jedesmal zur Sprache. – Ich habe ein recht artig möbliertes Zimmer mit Kabinett, wofür ich monatlich 14 Taler bezahle. Auch habe ich einen Bedienten, der mir von Robert empfohlen worden. Ein sehr intelligenter Mensch! Ich begreife gar nicht, warum ein Schlingel wie ich es so gut hat in der Welt. Mit der größten Schadenfreude denke ich oft daran, daß die größten Frankfurter Kaufleute (29), so ein Rothschild, Beifuß, Getz, wenn sie hier, ihre Sorgen und Geschäfte haben, und daß ich an nichts als an mein Vergnügen zu denken habe. – Meine Empfehlungsschreiben, die an die Uhden und Saalings ausgenommen, habe ich noch gar nicht abgegeben. Ich werde erst heute damit den Anfang machen. Bärbelchen, mir gefällt es hier sehr gut, und wenn der erste Eindruck dauernd bleibt, wollen wir in Berlin unsere Hütten bauen.

Sagen Sie dem Reinganum (30) in meinem Namen, daß, wenn er mit seinen Brüdern in Prozeß käme, er sich durchaus nicht auf sich allein verlassen könne, sondern einen andern Advokat zu Rate ziehen müsse. Die Leidenschaft in solchen Fällen kann einen sehr irreführen. Es ist, als wenn ein

Arzt sich selbst in einer Krankheit behandeln wolle; das hat noch nie gute Folgen gehabt. Auch nach Dr. Stiebel (31) haben sich mehrere angelegentlich erkundigt. Grüßen Sie alle Bekannten von mir, und erinnern Sie die Fanny Ochs (32): sie habe in mein Taschenbuch geschrieben: »Wo rauchen Sie heute über 14 Tage um 4 Uhr? Freitag den 1. Febr.« Zur Antwort: ich habe an diesem Tage und zu dieser Stunde gar nicht geraucht, sondern schön hell gebrannt, und zwar angezündet von den unvergleichlichen Augen der Frau Robert.

Ich bitte Sie, ja keinem etwas zu erzählen von dem, was ich in Unmut und Langeweile über Lindenau geklagt. Es reut mich, es getan zu haben, denn ich fürchte, er möchte etwas davon erfahren.

Heute abend bin ich zur Herz gebeten und morgen abend zur Julie Saaling. Die haben die größte Lust, noch Weiteres von mir über Frankfurt zu hören. Bei meinem ersten Besuche waren wir unterbrochen worden.

Also meine Wohnung und Adresse: *Gr. Friederichsstraße* 161 im *ersten Stock*. (Das Gr. bedeutet *Große*, braucht aber nicht ausgeschrieben zu werden.)

Es tut mir sehr leid, daß Sie meine Briefe abends bekommen. Das hält Sie vom Ausgehen, vom Theater zurück. Können Sie sich gar nicht gedulden, bis Sie um 9 Uhr nach Hause kommen? Welche Liebe! Gestern abend war ich zum ersten Male im Theater, *Alceste* von Gluck. (33) O wie herrlich! Ein anderes Mal mehr davon. Suche, bettle, stehle alle Neuigkeiten zusammen. Hören Sie nichts von meinem Theater-Prozeß? (34) Was macht die Tauferei? Was Aberle? Ist der Louis (35) zurück? Was macht das Wetter? Nach der schrecklichen Kälte auf der Reise kommt es mir hier sehr gelinde vor. Adieu, liebes Bärbelchen.

Dienstag d. 19. Febr. Dr. Börne geb. Wohl

Berlin, d. 20. Febr. 1828

Abends 11 Uhr. Jetzt schläftst Du schon, liebes Bärbelchen, und träumst vielleicht von mir, schläfst Du aber nicht, dann denkst Du gewiß an mich. *Ich* soll dahin gebracht werden, um 11 Uhr abends Briefe zu schreiben! O über die Wege des Lebens! Aber ich kann nicht anders. Tue ich es bei Tage, so nimmt mir die Zeit zum Schreiben den Stoff weg oder der Stoff die Zeit. Ich will nur gleich in der Historie meines Berliner Lebens treu und trocken fortfahren. Gestern fuhr ich herum und gab meine Adressen ab. Zu den von Frankfurt mitgebrachten waren von Holtei (36) in Weimar noch einige hinzugekommen. Da es Börsenzeit war, so waren die Kaufleute alle nicht zu Hause. Ich ließ meine Karte zurück. Wer mich nun haben will, kann mich aufsuchen. Den gestrigen Abend brachte ich bei der Herz zu, wo mehrere Leute, doch keine sonderlich interessanten, waren. Ich hatte den Teufel im Leibe, weil ich nach Tische geschlafen hatte, und war sehr unliebenswürdig. Doch die Herz verstand das und machte es der Gesellschaft bemerklich. Man bleibt bis 11 oder länger, wenn man will. Heute morgen besuchte mich mein Neffe Spiro. Ein schöner junger Mensch, aber ein wunderlicher Kauz. Einsilbig, und als schien ihm das noch zu geschwätzig, immer die Hand vor dem Munde haltend. Auch trocken erschien er mir. Er kennt hier gar keine Familien und will auch keine kennenlernen. Mein Erbieten, ihn hie und da einzuführen, wies er ab. Fruchtlos war mein Ausforschen, was seine Neigungen, was sein wissenschaftliches Streben sei – ich erfuhr nichts. Kurz, der junge Mensch ist sehr viel oder sehr wenig. So viel wurde mir klar, daß er *widerlich* und mein würdiger Neffe ist. Sollte er vielleicht eine Liebschaft haben? Es schien mir fast, als sei er, immer auf der Hut gewesen, durch mein Ausfragen nicht in Verlegenheit zu kommen. Heute mittag habe ich bei Mendelssohns gegessen. Diese Leute behandeln mich mit aller möglichen Freundlichkeit. Die Frau fragte mich (was ich schon oft habe hören müssen), wie es denn nur erklärbar sei, daß ich die Saalings in Frankfurt nicht gekannt, oder vielmehr sie mich nicht. Ich saß bei Tische zwischen der Frau Mendelssohn und Mariane Saaling. Außer andern Gästen waren da: Zelter (37), Robert und seine Frau. Meinen Aufsatz über die Sontag hatten die Mendelssohns erst gestern gelesen, und sie überhäuften mich mit Lobsprüchen. Die ganze alte »Wage« haben sie im Kopfe und erzählten mir allerlei Dinge daraus, die mir ganz fremd geworden. Der alte Mendelssohn hat seine Geschäfte aufgegeben und tut sich sehr gütlich. Er hört Collegia wie ein Student. Nach dem Essen führte mich die Saaling etwas in den Straßen herum und endlich in einen Zuckerbäckerladen, um nur zu zeigen, wo man die besten Pfannkuchen (Krapfen) bekommt. Ich kann diese Marianne nicht genug preisen. Sie tut so wohl wie die Sonne im Mai. Ich werde noch viel an ihr zu studieren finden. Die Gabe der Unterhaltung besitzt sie im höchsten Grade und gebraucht sie mit einer bewunderungswürdigen Leichtigkeit. Man glaubt, sie habe kein anderes Sinnen, kein anderes Vergnügen und Geschäft als die Angelegenheit desjenigen, mit dem sie sich unterhält. Sie weiß alle Kleinigkeiten, die einen betreffen, erinnert [sich] an jedes Wort, das man gesprochen, an jeden Wunsch, den man, gehabt. Aber unverkennbar ist ihr gutes Herz die Quelle ihres Gedächtnisses. Ich sagte ihr: es ist heute erst das dritte Mal, daß ich Ihnen nahe bin, wie werde ich die zehn verlorenen Jahre nachholen können? – Ich will sehen, ob das Ihr Ernst ist, erwiderte sie, und ob Sie mich oft besuchen. Im Winter, sagte sie, wäre sie gerne in Berlin; aber im Sommer! Dabei seufzte sie. Sie habe nicht Geld genug, weite Reisen zu machen. Jeden Morgen unterrichtet sie arme Studenten im Französischen und Deutschen. Man habe ihr früher in Frankfurt die Direktion des Heiligen-Geist-Spitals übertragen wollen, eine Stelle, die ihr sehr erwünscht gewesen wäre. Ich sprach viel von Dr. Neuburg (38) und seiner Liebe zu ihr. Sie lachte und bemerkte, es habe ihr oft leid getan, daß er sie in Frankfurt so übermäßig gepriesen. Das sei nicht gut.

Heute abend habe ich bei Julie Saaling Tee getrunken. Gans war da, der uns mit seinen Possen sehr ermuntert, und

Mendelssohns Schwester, eine schon bejahrte Dame, die zwanzig Jahre in Paris Erzieherin bei Sebastiani (39) gewesen und die jetzt eine sehr ansehnliche Pension genießt. Beim Weggehen sagte mir Mariane Saaling: ich werde nach Frankfurt schreiben und Sie so schildern, daß sie sich dort schämen sollen, Sie nicht genug anerkannt zu haben. Ich bin überzeugt, daß sie das tut, und ich freue mich darüber.

Heute vormittag trat auf einmal Rothschild von Frankfurt (des Rechenmeisters Sohn) in mein Zimmer, der Lindenau bei mir aufsuchte. Ich kann nicht sagen, daß mein Herz höher schlug, als er erschien. – Der Bankier Beer (40), des Dichters Bruder, dem ich einen Brief brachte, hat mich nachmittags besucht. Der macht das beste Haus hier, wo alle Gesandten hinkommen. Die Einladungen zu ihm werden nun wohl folgen. – Gans erzählt mir, er habe von Breidenbach (41) geschrieben bekommen: Stiebel und *Reis* hätten sich taufen lassen. Ist das etwa so, und eines Ihrer Geheimnisse?

Den 22. Febr. Gestern vormittag um 11 Uhr holte ich meinen Hans, und wir gingen in Humboldts Vorlesungen. Das wäre ein Gericht für mein leckeres Bärbelchen! Denken Sie sich den schönsten herrlichsten Saal (der Singakademie gehörig und erst kürzlich gebaut) angefüllt von 800 bis 900 Zuhörern, wo mehr als die Hälfte Frauenzimmer, die ersten Stände Berlins, der König (42), alle Prinzessinnen, der ganze Hof, Hunderte von Offizieren – vor einem solchen Publikum möchte ich auch lesen. Nach 12 beginnen die Vorlesungen, und schon um 11 Uhr ist der Saal gedrängt voll. Es herrscht große Aufmerksamkeit, besonders bei den Frauenzimmern, die ganz verstohlen unter ihren Schals und Hüten nachschreiben, was sie wegschnappen. Der Gegenstand der Vorlesungen ist physische Geographie, und da ist Humboldt freilich in seinem Fache. Ich armer tauber Mensch, der etwas entfernt von Humboldt saß, habe gar nichts gehört.

Meine bösen Ohren machen mir hier viel Kummer. Ich habe in Frankfurt immer geglaubt, das Übel wäre mir gleichgültig. Dort war es mir auch, weil dort wenig gesprochen wird, was verdiente gehört zu werden. Hier ist das aber ein anderer Fall. Doch stelle ich mich überall gleich als Harthöriger vor, und das erleichtert mir meinen Zustand. Als ich bei Mendelssohn in das Gespräch brachte, was ein größeres Unglück sei, taub oder blind zu sein, bemerkte Zelter bei der Taubheit habe man schon gleich den großen Vorteil, daß man nicht brauche in die Kirche zu geben. Der alte Zelter scheint ein Original zu sein und erzählt die schönsten Anekdoten, sauber oder nicht, mag dabeisein wer will. Eine fand ich sehr charakteristisch. Er ging einst bei Nacht unter den Linden und hört einen Jungen das Liedchen singen: blühe liebes Veilchen. Er, Zelter, setzte das Lied fort, worauf der Junge erschrecklich zu schimpfen anfing und rief: Er Hansdampf, er Sch..ßkerl, wenn er ein Lied singen will, fange er‹s sich selbst an. – Nach Humboldt[s] Vorlesungen ging ich und noch ein junger Doktor mit meinem Hans spazieren. Aber Sie wissen vielleicht gar nicht, was ein Hans überhaupt, und was insbesondere mein Hans ist? Das Konversationslexikon sagt darüber: »Hans nennt man eine Person männlichen oder weiblichen Geschlechts, welche ein Ehegatte oder ein Verlobter, neben dem Gatten oder Verlobten, liebt und verehrt – ein Verhältnis, welches menschliche und göttliche Gesetze verdammen, welches aber manchmal verzeihlich ist, wenn die Gatten oder Verlobten getrennt voneinander leben, und durch eine solche nachgemachte Liebe sich den Schmerz der Trennung zu versüßen suchen.« Was aber *meinen* Hans betrifft, so finden Sie unter dem Artikel Börne im Konversationslexikon: »*Hans des Börne*. So wird Fräulein Mariane Saaling in Berlin genannt.« Aber wahrlich, ich scherze nur gezwungen von diesem herrlichen Frauenzimmer. Wenn ich in dieses so liebevolle Gesicht sehe, daß der Krampf verzerrt (bei Mädchen oft nur der Gegenstoß eines zurückgestoßenen Herzens) und in diese frommen, seelenvollen Augen, die aus Schwäche blinzeln; wenn ich die Abendstrahlen einer untergehenden Schönheit erhasche – dann jammert es mich in der tiefsten Seele, daß ein solches Leben spurlos von der Erde verschwindet, und daß sie, weil sie nie einen gefunden, den sie lieben konnte, dazu verdammt ist, nun alle Menschen zu lieben. Ich möchte nur wissen, ob ihre Heiterkeit, ja ihre immerwährende Fröhlichkeit, natürlich ist oder ein Kunstwerk der Selbstbeherrschung. Jedem anderen wie Ihnen könnte ich Marianen durch ein einziges Wort schildern, aber meinem Bärbelchen werde ich noch oft von meinem Hans zu erzählen haben. – Ich will doch zum Überflusse noch einmal meine Adresse angeben: *Gr. Friederichstraße No. 161 im ersten Stock*. Bemerken Sie mir jedesmal am Schlusse Ihrer Briefe, welche meiner Nummern Sie erhalten haben.

Nach dem Spaziergange aß ich mit Gans bei einem Restaurateur. Die Cafés und Restaurationen sind hier ungefähr wie in Paris und auch ebenso teuer. Suppe, einige Gerichte und ein Schoppen Wein, das kommt auf 2 Gulden. Nach dem Essen fuhren wir nach Charlottenburg, und abends ging ich in das Königstädter Theater, wo die Oper »Corradino« von Rossini (43) aufgeführt wurde. Sie haben dort vortreffliche Subjekte, besonders aber einen unvergleichlichen Bassisten *Spitzeder* (44). Auch unsere Bamberger (45) trat auf. Aber diese erschien mir sehr winzig unter den andern; auch wurde sie gar nicht applaudiert. Außer den Nadelstichen, die oben hinter der Brief-Nummer stehen, noch einige andere, die bei weitem nicht so süß sind. Nämlich: Wissen Sie, Madame Bärbelchen, daß die »Reisebilder« Ihres Hans (46) hier nicht sonderlich gefallen? Man findet sie ungezogen, oft schmutzig. Die Varnhagen ist sehr aufgebracht, daß er sie ihr dediziert, ohne ihre Erlaubnis. Da findet man die Werke eines gewissen andern Schriftstellers ganz anders. Man lobt den sittlichen Ton und deren Feinheit, und deren Witz, und deren Scharfsinn, und deren Menge, und deren musterhafte Schreibart. Hier wird stark *gewitzt* und ich witze auch, Gott weiß, wie oft den Tag. *Berliner Witzproben*: Einer, der erzählen hörte, der Buchhändler Vieweg in Braunschweig handele auch mit Ochsen, sagte: er sollte sich nicht nennen Buchhändler Vieweg, sondern Viehhändler Buchweg ... Eine Schülerin des Humboldt kam in einen Laden und forderte ein Band, das zwei *Sirius* (47) breit wäre ... Als man mich fragte, ob ich schon in Berlin gewesen ... ja, vor vielen Jahren, als ich noch mein eigener Sohn war.

Wir bekommen jetzt hier Frühlingswetter. Der Frühling hier soll überhaupt recht angenehm sein, und den Sommer macht hier weniger die schlechte Gegend als der Staub unerträglich. An schattigen Bäumen fehlt es gar nicht, und es scheint mir nicht so schlimm, als man es bei uns macht. Ich bin sehr begierig, wie es dem Dr. Reinganum geht. Wenn er sich nur dabei keine unnötige Gemütsbewegung macht. Das verdient kein Geld. Was macht die Tauferei? Vergessen Sie nicht, die Schnapper (48) zu grüßen.

Nie hat eine Musik größeren Eindruck auf mich gemacht als die »Alceste« von Gluck, auch Mozart nicht. Ich habe es Ihnen oft geklagt – Mozart verleidet einem das Leben, er vernichtet uns. Aber während der »Alceste« war ich ein Held in meiner Loge. Es ist eigentlich eine gesungene Tragödie, die ganz im griechischen Geiste wie gedichtet so gespielt worden. Die Chöre treten niemals ab, sie sind die Hauptsache, und eigentliche Partien ohne Chor gibt es gar nicht in der Oper, das gefällt mir. In der Musik wie im Leben liebe ich nur die Massen. Solostimmen finde ich anmaßend und langweilig. Welch eine Erhabenheit in dieser »Alceste«, aber keine himmlische wie bei Mozart; es ist eine menschliche, eine erreichbare Erhabenheit. Alle, die mich gesprochen, bedauern, daß ich nicht einige Tage früher nach Berlin gekommen, um der Aufführung des »Judas Makkabäus«, eines Oratoriums von Händel, beizuwohnen. (49) Das soll ganz unvergleichlich sein. Wenn auch nicht völligen, doch einigen Ersatz werde mir das »Alexander-Fest« von Händel gewähren, das in nächster Woche gegeben wird. Wie kleinstädtisch und erbärmlich kommt mir die Frankfurter Oper mit der hiesigen verglichen vor. Der Chor in der »Alceste« bestand aus mehr als hundert Personen. Und da entschuldigte man sich noch bei mir über die ärmliche Ausstattung der »Alceste«. Ich müßte eine Spontinische (50) Oper sehen, um Chor, Dekorationen und Pracht zu bewundern. Dieser spitzbübische

Italiener läßt nur seine eigenen Opern mit Glanz aufführen, und die übrigen behandelt er als Stiefkinder. Er dirigiert auch nur in seinen eigenen Opern. Ganz Berlin ist über seine Vernachlässigung gegen Mozart, Spohr (51) und alle deutsche Musik aufgebracht, aber er ist ein Günstling des Königs. Ein gewisser Rellstab (52) hat kürzlich eine große dicke Brochüre gegen Spontini geschrieben, worin er alle seine Sünden aufzählt. Außer »Jeßonda« ist keine einzige Oper von Spohr auf dem Repertoire. Wenn Mozart ja einmal vorkommt, wird er vorsätzlich schlecht einstudiert, damit die Welt keine Freude daran finde.

Mein Bedienter kommt eben leer von der Post zurück.
Adieu. Grüße alle. Dein Charles

Berlin, Samstag, d. 23. Febr. 1828

Juten Morjen meine liebe jute. Wie jehts? Grüß Di Gott. *So* lang, *so* lang hab i mei Schatz nit gesehe! Ach! in allen Dialekten sehne ich mich nach meinem lieben Bärbelchen. Gott segne Dich gute Seele für Deine lieben Briefe und Deine Freude an den meinigen. Deine Nr. 5 erhielt ich heute. Rg‹s [Reinganums] Geschichte interessierte mich sehr. Daß er sich nur nicht beunruhige. Die Kälte der Juden und Schufte ist es hauptsächlich, die ihnen ein solches Übergewicht über uns ehrliche Leute gibt. Wenn er von Eder den Prozeß führen läßt, das ist gewiß das Beste. Fragen sie den Rg., ob nicht ein Fehler geschehen, daß sie in meinem Hause, und dann Dr. Goldschmidt die Klage der Theaterdirektion gegen mich in Hände genommen, ob das nicht als eine Insinuation (53) angesehen werde, und man mir den Termin anrechnen werde? – Gehen Sie doch gleich zu Worms und kündigen Sie, wie verabredet, die beiden Stuben auf.

Schreiben Sie mir doch genauer, als es in Ihrem vorigen Brief geschehen: 1. Wieviel jeder meiner Wechsel betrage? 2. Wann jeder derselben völlig [fällig?]? 3. Wieviel bares Geld

Sie noch bekommen? 4. Ob und wie Samuel (54) die 600 fl. (55) angelegt? Doch erkundigen Sie sich nach letzterem mit Bescheidenheit, denn wenn Samuel das Geld bar liegen lassen [will], um es immer zu meiner Disposition zu haben, ist es mir auch recht. – Ich will nächstens alle Ihre Briefe noch einmal durchlesen und sehen, ob mir etwas darin zu beantworten bleibt. Ich bin noch gar nicht recht im Takte. Aus meinem Stilleben plötzlich in eine geräuschvolle Welt versetzt, schwindelt mich etwas. Es ist doch hier schon sehr großstädtisch, und für mich fast mehr als Paris, weil ich dort so einsam gelebt. Ich habe eigentlich die größte Zeit meines Lebens in der Einsamkeit zugebracht, weil ich selbst in großen Städten mich von Menschen entfernt gehalten. Ich glaube, das gibt mir hier etwas Frisches, etwas Jungfräuliches, was den Leuten gefallen muß. Meine Artigkeiten sind selbst erfunden, nicht der feinen Welt abgelernte. Ich muß mich jetzt besinnen, wo ich in meiner Biographie stehengeblieben bin. Gestern habe ich bei Joseph Mendelssohn zu Mittag gegessen, in Gesellschaft der Mariane Saaling, der Frau v. Hellwig (56), einer bekannten Schriftstellerin und andern. Es sind nämlich die Mendelssohns, welche im Sommer bei Koblenz wohnen. Die Leute haben mir sehr gut gefallen, und, wie ich nachher von den Saalings gehört habe, ich ihnen ungemein. Joseph M. soll ein sehr kluger Mann sein. Der erste Eindruck, den die Frau auf mich gemacht, war nicht der günstigste. Sie hat eine gewisse förmliche vornehme Haltung, trug ein schweres blausamtnes Kleid und legte bei Tische die Handschuh nicht ab. Aber ich irrte mich. Sie ist sehr einfach und natürlich in ihrem Wesen. Sie hat schon einen verheirateten Sohn und allerliebste Enkel. Der Sohn war abwesend, aber die Schwiegertochter saß mit bei Tische, und zwar mir gegenüber, und sah mich mit ihren klugen warmen Augen unaufhörlich an. Die Frau v. Imhof, geb. Hellwig (oder umgekehrt geb. Imhof) ist die Gattin eines Weimarischen Generals. Im Winter lebt sie getrennt von ihrem Manne, im Sommer aber mit ihm auf einem Gute am Rhein. Ihre Schriften, die ich nicht kenne, werden geachtet. Übrigens ist sie eine rot angestrichene alte Schachtel, in welche man Maikäfer gesperrt, die viel summen. Sie zappelt und ist sehr lebhaft und hat mir viele Artigkeiten über meine sämtlichen Werke gesagt. Wo ich noch bis jetzt war, war die Mariane Saaling mit und mir zur Seite. Es ist mir ganz wohl, wenn sie da ist, ich fühle mich dann wie zu Hause. Sie, die ich vor wenigen Tagen noch gar nicht kannte, ist in mein Herz eskamotiert (57) worden, ich weiß nicht wie? Es ist eine unerklärliche Taschenspielerei. Ob das, was sie so anziehend macht, Kunst oder Natur ist, ob Verstand oder Herz – wie sich das endlich finden wird, bin ich sehr begierig. Unentschieden wird es nur wohl nicht bleiben. Sie hat ein schönes junges Kammermädchen, von auffallend sittlicher Haltung. Sie erzählte mir, man habe ihr einst in Frankfurt von einem sehr kranken, verlassenen jungen Mädchen erzählt. Sie habe das Kind holen lassen, lange gewartet und gepflegt, endlich sich anerzogen – das sei das Mädchen, das wie eine Tochter an ihr hänge. Als ich sie gestern mittag abholte, um sie zu Mendelssohn zu führen, hörte ich, wie sie von ihrem Dienstmädchen und dieses von ihr Abschied nahm – es war grade wie zwischen Mutter und Tochter. Sie sagte dem Mädchen: Adieu und grüß mir die armen Leute. Auf der Straße erzählte sie mir ihre Lebensweise. Sie gibt und nimmt Lehrstunden, liest alles und geht viel in Gesellschaft. Man müsse nur die Zeit gehörig benutzen. Humboldt habe ihr gesagt: »Die Zeit ist elastisch« (ein gutes Wort). Aber Kranken-Besuche und -Pflege, das fülle einen großen Teil ihres Tages aus. Ein trauriges Geschäft! bemerkte ich. »Es ist ja die einzige Pflicht, die ich habe«, sagte sie mit einem tiefen Seufzer. Sie erzählte eine traurige Geschichte, die sich den Tag vorher hier begeben. Ein junges schönes Mädchen, aus guter Familie, ging aus, um Humboldts Vorlesungen zu besuchen. Sie kam an einem Hause vorbei, auf dem ein Dachdecker arbeitete. Da traf sie ein herabfallendes Beil, und nach zwei Stunden starb sie. Was diesen Zufall noch tückischer machte, ist: daß der Dachdecker das Beil vorsätzlich herabgeworfen. Nämlich der Mensch wurde schwindlig und fand kein anderes Mittel, sich im Gleichgewicht zu erhalten, als das Beil herabzuschleudern.

Heute vormittag habe ich zwei Stunden bei der Julie Saaling zugebracht. Die ist gar zu glücklich! Sie gefällt mir auch recht gut; nur begreife ich nicht, wie diese beiden Schwestern miteinander harmonieren können; sie scheinen mir durchaus verschieden. Ich meine, schon ihre beiderseitigen verschiedenen Tugenden müssen unverträglich sein. Die Julie hat ihren Mann und ihr Glück auf den Alpen gefunden, Nämlich als sie vor fünf Jahren mit Mendelssohn und Dr. Neuburg in der Schweiz gewesen, habe sich die Liebe zwischen ihr und dem Dr. Heyse (Hofmeister bei Mendelssohn) angesponnen. Das erzählte mir die Julie nicht selbst, sondern ihre Schwester. Ich dachte: der Teufel hole die Weiber, wenn man selbst auf dem Rigi, 5000 Fuß über alles Wasser erhaben, nicht sicher vor ihren Netzen ist! Wie haben wir beide euch Frankfurter, besonders die Juden, durchgehechelt! Sie erzählte: eine Judenfrau in Frankfurt wäre nach Hause gekommen und habe zu ihrer Tochter gesagt: Sorle du bist eine Kalle [Braut] ... Mit wem? ... Das geht Dir nicks an. – Diesen Abend war ich bei der Uhden, und dann bei der Levi, wo viele Leute und allerliebste Frauenzimmer waren.

Sonntag d. 24. Febr. vor Mitternacht. – Schläfst Du oder wachst Du? Hätte ich kein Bärbelchen, dem ich schreiben müßte, könnte ich mich ins Bett legen, Wie andere ehrliche Leute. Ach! was sind die Ehemänner geplagt! Nun gleich zu meiner Biographie, denn ich bin sehr schläfrig. Dein Carlchen ist sehr munter (nämlich wenn er nicht schläfrig ist), sehr vergnügt, führt sich gut auf, gefällt überall und macht seiner Nation große Ehre. Aber erschrecklich viel Geld kostet die Ehre! Doch bereue ich es nicht. Mein Aufenthalt hier wird mir viel nützen, was *wir* unter nützen verstehen. Diesen Vormittag wurde es nicht leer bei mir von Besuchen. Allerlei junge Doktoren, Buchhändler u. a. Dichter bringen mir Tragödien im Manuskript, daß mir die Haare zu Berge stehen. Wenn ich sie gar erst lese, werden sie mir ausfallen. Mittag habe ich bei Beer gegessen, der Familie des Dichters und Komponisten. Der Komponist, ein kleines, schwarzes, häßliches Judenmännchen von 36 Jahren, hat eine schöne Frau, die ich aber gar nicht gesprochen; die Gesellschaft war zu groß. Bei Tische ließ er sich immer aparte Sachen auftischen, die er allein verzehrte. Der Bruder ist Bankier und hat auch eine hübsche Frau. Die Mutter, eine alte näselnde Jüdin, war schon viermal in Italien. Diese Leute machen das glänzendste Haus hier, nämlich in Feten. Heute war eine sogenannte kleine Gesellschaft, und es waren doch dreißig Personen bei Tische. Gubitz (58), Redakteur des *Gesellschafters*; Clauren (59), der mir sagte, ich hätte ihn einmal herabgehunzt, aber er beuge gern den Nacken; Offiziere, Schauspielerinnen, Schmarotzer aller Art. Sie wohnen im Tiergarten, weit von der Stadt. Die Saaling sagte mir: sie habe sich von diesem Hause losgemacht, denn es wäre weit hin und nicht weit her. Ich war im Theater, Spontinis große Oper »Olympia« zu sehen. Ich konnte es nur einen Akt aushalten. Eine solche Verwirrung und Langweiligkeit ist mir in Noten noch nicht vorgekommen. Aber die Pracht ist unbeschreiblich. Dann ging ich zu Mendelssohn. Da wurden artige Quartetts gemacht. Alle vier Spieler waren zusammen nur 60 Jahre alt; aber es ging vortrefflich.

Hummel (60) ist hier angekommen. – Den Saphir (61) habe ich besucht, ganz im geheimen. Dieser Mensch ist hier so allgemein gehaßt und verachtet, daß man mich gewarnt hat, mich öffentlich mit ihm sehen zu lassen. Ich habe ihn aber nicht vorübergehen [lassen] wollen, weil er mich in Frankfurt auch besucht hat. – Der Mendelssohn war 7 Jahr bei Fuld (62) in Paris auf dem Comptoir. Er sagte, der wäre das größte Handelsgenie, das sich denken ließe. Er wäre jetzt sehr reich, wenigstens 4-5 Millionen. Die Familie Mendelssohn zeigt doch, daß das Schicksal nicht immer ungerecht ist. Der verstorbene Mendelssohn war ein ganz gemeiner Meschores (63) bei einem Schacherjuden. Durch seine Geisteskraft erhob er sich zu einem edlen Manne, wurde ein bedeutender und liebenswürdiger Schriftsteller und genoß großen Ruhm im vorigen Jahrhundert. Seine Kinder sind Millionäre und seine Enkel bedeutende Maler und Virtuosen. Es ist schon genug, wenn das Verdienst der Eltern an den Kindern belohnt wird. Die Mendelssohns mögen sehr reich sein. Ein Herr Fränkel, früher ihr Compagnon, ist mit 800 000 Tlr. aus der Handlung getreten.

Haben Sie denn noch nichts über die Zusammenkunft mit Guste beschlossen? Aber seien Sie nur vorsichtig, daß Sie sich in keine lästigen Verbindlichkeiten einlassen. – Ich glaube, daß dem Schmitt (64) Ems sehr gut tun würde. – Eben erhalte ich die liebe Nr. 6 mit den 6 süßen Nadelstichen. Sei ohne Sorge, ich mühe mich nicht ab. Ich fahre oft, und Berlin ist ja lange nicht so groß als Paris. Auch wohnen die meisten meiner Bekannten in der Nähe.

Bärbelchen, Du hast den Verstand nicht allein. Ich hätte schon ohnedies gewußt, daß ich den gewissen Punkt (ach! wäre er nur gewiß) gegen meine Schwester mit Stillschweigen übergehe. Das Epigramm gegen Stiebel hat mir sehr gefallen, und ich finde nichts darin, was ihn beleidigen könnte. Meiner Schwester Sohn läßt sich gar nicht bei mir sehen. Ein wunderlicher Kauz. – Wir wollen aber auch fest dabei bleiben, nicht ängstlich zu werden über wechselseitiges Ausbleiben der Briefe. Zweimal wöchentlich soll Regel sein. Ich wiederhole, was Du gern hörst, ich bin sehr vergnügt und habe sehr klug getan, hierherzukommen. Ich lerne die Welt und mich selbst kennen. Ich betrage mich mit vielem Takte, worüber ich selbst erstaune. Ich suche alle möglichen Menschen auf, was sonst gar nicht in meiner Natur liegt. Ich lasse mir gelegentlich von meinen Bekannten-Zeugnisse meiner guten Aufführung geben. Zerstreue Dich soviel als möglich. Je weniger Du mich vermissest, je zufriedener bin ich. Wenn ich die langweiligen Ballette sehe, denke ich immer an Dich. Wie schön kannst Du auf einem Beine tanzen. Sie machen es hier nicht besser. Mein Spiegel bevölkert sich nach und nach mit Visitenkarten. Mariane Saaling hat mir gesagt, sie wünsche sehr, mit mir in der Folge zu korrespondieren. Wirst Du nicht eifersüchtig werden? Mich, gönnst Du wohl jeder anderen, aber

nicht meine Briefe. Ich habe hier schon einige Damenbilletts bekommen. Ich sammle sie für Dich. Adieu, einziges Bärbelchen. Dein Karl
(Montag 25. Febr.)

Berlin, Mittwoch d. 27 Febr. 1828

Soeben (morgens 9 Uhr) erhielt ich Ihren Brief Nr 7, den ersten in meiner Wohnung. Ich wollte wetten, daß es Ihnen hier besser gefiele als in Paris. Aber hier oder dort, nur von Frankfurt weg. Mütterchen, was führen wir in Frankfurt für ein Hundeleben. Ja, ärger leben wir als die Hunde, denn ein Hund hat doch, was er wünscht. Bei jeder angenehmen Unterhaltung, die ich hier genieße, seufze ich im stillen: Ach wäre nur mein Bärbelchen da. Hänge Dich Bärbelchen; ich war schon einige Male liebenswürdig, und Du warst nicht dabei! Aber ich muß lachen, wenn Sie noch von der Robert schönen Augen mit mir sprechen. Die liegen ein Jahrhundert hinter mir. Ich liebe jetzt die Mondscheinaugen der Mariane Saaling, und wie liebe ich sie! Sie ist ganz wie Du, Ihr beide habt nur eine Seele, und Du brauchst ihr keinen Platz in meinem Herzen zu machen. Ich wollte taub und blind sein und wissen, wenn sie in das Zimmer tritt; es ist, als verbreite sie einen Wohlgeruch um sich her. Ich sagte vor einigen Tagen der Herz, sie möchte mir doch aufrichtig ihre Meinung von der Saaling sagen, aber so aufrichtig, wie man über ein Buch spricht. Sie verstand sich dazu, aber nur im Vertrauen auf meine Verschwiegenheit. Wir wurden bald durch einen Besuch unterbrochen, und ich erfuhr nicht alles, was ich wünschte; nur folgendes. Mariane – sagte die Herz – hat ein unvergleichliches, tiefes Gemüt; aber wenig Verstand. Sie hat einen *»dünnen Verstand«*. Die bekannte Geschichte von Marialva. Sie liebte den *Koreff* (65), der aber ihre Liebe nicht erwiderte. Aber ich bitte dich Bärbelchen, sage das keinem wieder. Bedenke, daß die Saalings viel nach Frankfurt korrespondieren und daß sie sehr leicht, und zwar entstellt, erfahren würden, was ich von ihnen gesagt. Sie sagen es dem Reis, dieser redet bei Ochs, dann Röschen, Henriette Getz, dann Herz – und die Post ist hier. Dem Urteile der Herz über den Verstand der Mariane traue ich nicht recht. Die Herz ist *nur* Verstand, Geist hat sie nicht, Gemüt auch nicht, obzwar sie gut ist. Man täuscht sich oft bei großen Herzen, weil sie den Kopf bedecken. Ein Gemüt wie das der Mariane ist wie ein tiefer Brunnen, in dem man die Sterne auch bei Tage sieht; aber Nacht ist darum doch nicht. Von mir wurde auch oft so geurteilt; man glaubte, ich hätte keinen Verstand, weil ich ihm nicht folge. Was die Mariane spricht, ist sehr vernünftig, nur auch herzlich zugleich. Sie ist witzig, scherzt viel, und, damit ihr in meinen Augen nichts fehle, macht sie sich auch zuweilen lustig über andere Leute. Eine solche Unterhaltungsgabe ist mir noch nicht vorgekommen. Andere, und wäre ihre Gesprächigkeit noch so leicht, müssen doch pumpen; sie aber ist wie ein Springbrunnen, der in einem fort murmelt; man braucht nur hinzuzukommen, um zu hören. Ich gefalle ihr, und sie hat es mir gesagt, und als ich bemerkte, ich könne zwar gefallen, aber es dauere lange, bis es dahin käme, erwiderte sie, bei ihr sei es schnell gekommen. Ich gefalle überhaupt allen. Wer hätte das gedacht! Wer hätte das gedacht! Ich habe gestern fünf Stunden bei den Saalings zugebracht, und wie so viele Minuten gingen sie nur vorüber. Es wurden so viele komische Sachen erzählt, daß ich mein Taschenbuch herauszog, das Gehörte niederzuschreiben. Zum Beispiel: Die Julie Saaling sah im Königlichen Palaste Büsten von Luther und Melanchton. (66) Sie fragte den Kastellan: nicht wahr, das ist Melanchton? »Nein, es ist Eisen.« – Ihr Frisiermädchen erzählte ihr, ein junger Mensch habe sich aus Liebe erschossen. Man habe ihn *aufgeschnitten.* »Nun, was hat man in ihm gefunden?« ... »Verdrehte Nerven im Gemüte.« – Grabschrift eines Grafen in Königsberg: Hier ruhen die Gebeine des jetzt noch lebenden Kremanski. Der Dr. Heyse ist ein ganz vortrefflicher Mensch und lebt mit seiner Frau wie im Himmel. Montag mittag aß ich wieder bei Varnhagen. Sie schrieb mir ein Billett, warum ich mich nicht sehen ließe? Und ich sollte bei ihr essen. Diese Leute scheinen mir nicht einig mit sich selbst. Sie möchten gern vornehme Leute sein und haben doch zu viel Verstand und Herz, diese Rolle schön zu finden. Wir aßen auffallend gute Beefsteaks, die waren nach *Rumohrs* Kochbuch zubereitet. Gans hatte ihr dieses Kochbuch empfohlen, und die Varnhagen sagte, es sei vortrefflich und sehr praktisch. Sie gab mir mein Büchelchen gegen die Berliner Literaturzeitung mit ihren eigenhändigen Noten am Rande. Ich fand aber kein vernünftiges Wort in ihren Einwendungen, und ich werde in großer Verlegenheit sein, was ich ihr darüber sagen soll.

Montag abend wurde ich in die Mittwochsgesellschaft (67) eingeführt; es ist die, worüber mir einst Hitzig (68) geschrieben, daß meine Rede über Jean Paul darin vorgelesen worden. Ich wurde dort mit einem Strome von Komplimenten überschwemmt, hatte aber schreckliche Langeweile. Sie hätten Ihre Schadenfreude daran gehabt. Um Ihnen meine Lage deutlich zu machen, will ich eine Zeichnung von dem Saale und den Sitzen geben.

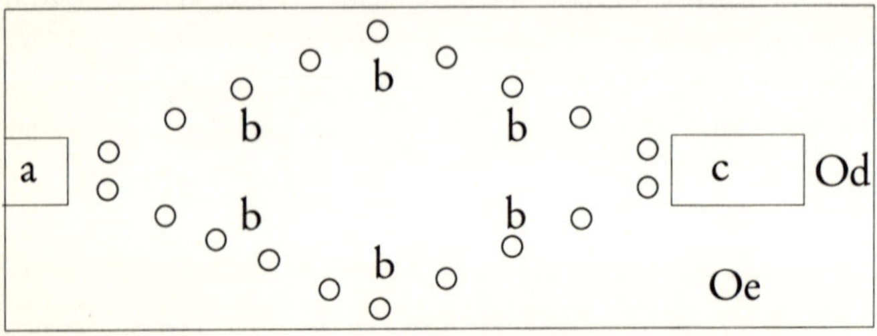

a. Tür. b. b. b. Zuhörer. c. Tisch des Sekretärs. d. vorlesender Sekretär. e. *Ich.* – Ich hatte um Entschuldigung gebeten, wenn ich mich ganz oben setzte, weil ich nicht gut höre. Jetzt kam ich aber neben den Sekretär und *hörte,* und das war noch schlimmer. Der las aus einem ganz unbekannten neuen Dichter wenigstens 25 Gedichte vor, und nicht einmal ein Urteil darüber. Ich gähnte fürchterlich und hielt mir die Hand vor den Mund. Es half aber nichts. Der Wind der Langeweile, der durch meine geschlossenen Finger drang, machte die Lichter auf dem Tische flackern. Meine Angst war aber noch größer als meine Not. Auf dem Tische des Sekretärs lag nämlich ein Zettel, überschrieben: *Speisezettel,* und darauf einige Namen anwesender Gelehrter: Chamisso (69), der Verfasser von Peter Schlemihl, Streckfuß (70) und noch einiger. Ich in meiner Superklugkeit denke, das Wort *Speisezettel* wäre hier scherzhaft gebraucht, und enthalte das Verzeichnis derjenigen, die den Abend vortragen würden. Ich war sehr betrübt, dieses alles mit anhören zu müssen; denn aus dem Saale unbemerkt von meinem Sitze zu entfliehen, war, wie Sie aus der Zeichnung ersehen, ganz unmöglich. Indessen ergab ich mich in mein Schicksal; es waren doch nur drei bis vier Namen. Jetzt kam aber ein fünfter und unterschrieb, jetzt ein sechster, und immer mehrere und mehrere. Ich kam in Verzweiflung; ich glaubte, daß die alle vorläsen. Endlich kam der Hauswirt und holte den Zettel. Es waren nichts als Unterschriften zum Abendessen, mit welchem die schönen Geister ihren Abend zu beschließen pflegen. Man soll nicht zu klug sein. Hitzig war sehr artig, und ich entschuldigte mich bei ihm, daß ich seinen Brief nicht beantwortet. Ich blieb nicht zum Essen.

Wegen Gans seien Sie nicht besorgt, ich weiß wohl, daß ich mit ihm nicht gleichen Schritt halten kann, weder im Laufen noch im sonstigen. Ich lebe so mäßig wie zu Hause und lasse mich nicht irremachen. – Gestern mittag gab mir ein Buchhändler, der unverheiratet ist, ein glänzendes Essen in einer Restauration. Wir waren zu sechs. Habe mich nicht amüsiert. Der arme Buchhändler wird die 20 Tlr., die ihn die Fete gekostet, umsonst verwendet haben. Holtei gibt ein Theater-Journal bei ihm heraus, und da wollen die Herren haben, ich soll mitarbeiten. Gehorsamer Diener! – Ich bekomme hier jeden Morgen unentgeltlich die politische Zeitung geschickt, wie in Frankfurt. Dazu trinke ich mein gewöhnliches Zuckerwasser. – Meine Empfehlungen von Willemer (71) an Marheineke (72) habe ich erst gestern und die an Ritter (73) erst heute abgegeben. Der erstere war viertelsilbig, zuweilen halbsilbig, weiter hatte er‹s nicht getrieben. Das Konversationslexikon hat er schwerlich gelesen. Um ihn zum Reden zu bringen, blieb mir nichts anderes übrig, als ihn zu fragen, wo er geboren und erzogen worden. Ritter wird gelobt; ich kam aber zu einer Zeit, wo er grade in die Vorlesung gehen mußte. Bei diesen beiden Bekanntschaften wird nichts herauskommen. Was wollen sie auch mit mir machen? Das ist nicht wie bei reichen Bankiers, die ein offenes Haus haben und die man nicht geniert.

Abends 10 Uhr. – Als ich heute mittag zur Herz kam, um sie zu einem Essen abzuholen, wo wir beide eingeladen waren, fand ich drei junge Leute bei ihr am Tische essend, und sie saß dabei und legte vor und sprach mit ihnen. Ich hätte sie so malen mögen, so liebenswürdig erschien sie mir. Sie gibt nämlich jeden Mittwoch vier armen Studenten zu essen. Das ist doch schön, da sie gar nicht vermögend ist. Aber das ist noch wenig; man muß ihre Aufmerksamkeit und freundliche Bedienung dabei sehen, die Nettigkeit der Gedecke, die Fülle der Speisen – es war gekocht für zehn – und den ungenierten Appetit der jungen Leute. So was geschieht in Frankfurt nicht, gewiß wenigstens nicht auf solche Art. Die Herz trug ein weißes Atlaskleid und einen weißen türkischen Bund auf dem Kopfe und sah um 15 Jahre jünger aus, als sie ist. Es ist merkwürdig mit dieser Frau! Sie will nicht alt werden, und sie wird es nicht; sie will nicht für alt gelten, und sie gilt nicht dafür. Sie wurde im 15ten Jahre ihres Alters verheiratet und lebt jetzt schon ein halbes Jahrhundert in der großen Welt und wird noch immer als neu geachtet. Ich habe sie in zahlreicher Gesellschaft gesehen, wo viele junge Frauenzimmer waren – es wurde hier keine vorgezogen, und die jungen Männer unterhielten sich mir ihr, als wäre sie ein 18jähriges Mädchen. Und dennoch habe ich nie bemerkt, daß sie auf eine ihrem Alter unanständige Weise sich hervordrängte. Dabei kann ihre Unterhaltung keineswegs geistreich genannt werden. Aber sie ist verständig, und die Zeit wird einem bei ihr nicht lange. Sie hat eine seltene Festigkeit des Charakters und weiß eine, kluge Regel standhaft zu befolgen. Wenn sie steht, bedeckt sie dem Auge drei bis vier Personen in der Gesellschaft und sie hat ganz das Recht, mich ihr *Louischen zu* nennen. Fünf Männchen meinesgleichen könnte man aus ihr schnitzen, und es blieben noch Späne genug übrig. Wir aßen bei Madame Levi, wo große Gesellschaft war, Österreichische Legationsräte (die Diplomaten schielen mit den Ohren, sagte mir einmal die Saaling), Professoren, Doktoren, Frauenzimmer, die beiden Saalings. Es war recht amüsant. Die Levi ist eine sehr brave und kluge, hier allgemein geachtete Frau. Sie ist schon viele Jahre Witwe und hat nie Kinder gehabt.

Sie haben recht, mich mit dem Rauchen zu necken. Ach! wie geht es mir darin so schlimm, ach! wie bin ich so zahm geworden! Ehe ich ausgehe, spüle ich mir den Mund rein, um nicht nach Tabak zu riechen. Meine Wirtin, die neben meinem Zimmer wohnt, ließ mich schon einige Male bitten, ich möchte doch nicht soviel rauchen, der Rauch zöge in ihre Stube. Ich ließ ihr antworten: das könne ich nicht ändern, und sie möge die Spalten der Türe verstopfen. Wie sauber sind meine Hände! Aber Roberts Finger sollten Sie sehen. Das sind keine Mohrchen, das sind Mohren. Das ist ein Schwein! ich bin ein Bleichplatz gegen ihn. Lassen Sie doch durch Reis Speiers von mir grüßen, und Hrn. v. Wehli. Die Empfehlungen haben mir sehr genützt. – Denken Sie nur, welche Kleinstädterei nur entwischt. Mein Wirt ist ein Musikalienhändler. Und jetzt frage ich diese Woche, als er zu mir kam, ob er nicht das Lied habe: So lang, so lang, hab ich mein Schatz nicht gesehen (74), und singe es ihm vor, daß mir die Tränen in die Augen kommen, und vergesse ganz, daß ein Musikhändler unmöglich im Kopfe haben könne, welche Lieder er im Laden habe. Er lächelte ganz maliziös und sagte, er wolle nachsehen. Seien Sie unbesorgt; mein Wirt und Bedienter sind sehr ordentliche Leute. Ich habe es glücklich getroffen. Die Wohnung habe ich mir selbst gesucht, da, wie in Paris, Zettel an den Häusern hängen, wo Zimmer zu vermieten. Ich wohne, wie man in

Paris sagt: au centre des affaires et des plaisirs. (75) Nur von den Saalings wohne ich weit weg, den übrigen Bekannten aber nahe.– B.g.W.

Donnerstag, d. 28. Febr.

Berlin, d. 1. März 1828 (Samstag)

Deinen lieben, lieben Brief und die süßen Nadelstiche darin habe ich hundertmal geküßt. Seit Du mich Du nennst, ist erst recht der Frühling über mir aufgegangen, und es ist mir, als fing ich erst jetzt an, Dein schönes Herz im Sonnenschein zu sehen. Wir wollen uns von den Gefahren zu großer Liebe nicht schrecken lassen, wir wollen uns immer mehr und mehr lieben. Aber ängstige Dich doch nicht mehr über meine Angst. Ich hatte keine. Ich erhalte Deine Briefe immer pünktlich am vierten Morgen, und wenn ich einen vergebens erwartet, so war ich doch nicht unruhig, ich dachte mir gleich, Du würdest einen Tag später geschrieben haben. Der Berliner Korrespondent, der an Speier von mir geschrieben, wird wohl ein anderer als Oppenheim (76) gewesen sein. Denn dieser ist grade der einzige, der nichts weiter von sich hatte hören lassen. Ich hatte nämlich alle besucht, und da ich keinen zu Hause gefunden, meine Karte zurückgelassen. Alle haben mich wieder besucht, nur Oppenheim nicht. Doch vielleicht hat er meine Adresse vergessen, und ich werde darum *noch* einmal zu ihm gehen. Ich bleibe meinem Vorsatze treu, Menschen aller Art hier kennenzulernen und ihre Einladungen zu benutzen, ohne meiner Neigung nachzugeben; denn wenn ich dieses täte, hätte ich an meinen schon *gemachten Bekanntschaften* genug, denn bessere finde ich doch nicht. Schleiermacher aber werde *ich* nicht besuchen. Ich habe früher in Frankfurt erfahren, daß er sich nicht vorteilhaft über mich geäußert und daß er mich nicht leiden kann. Daß die Herz mich noch nie aufgefordert, zu ihm zu gehen, ist mir ein Wink mehr. Übrigens sieht ihn die Herz auch nicht bei sich, wie ihre Vermögensumstände es ihr nicht gestatten, Leute zu empfangen. Die Reinganums haben unrecht, wenn sie glauben, die Saalings hätten mich in Frankfurt aus Vornehmheit vernachlässigt; sie konnten mir doch als Frauenzimmer unmöglich entgegenkommen, und ich habe nie den geringsten Schritt getan, ihre Bekanntschaft zu machen. Die Verhältnisse in dem Hause ihrer Schwester hätten dieses auch sehr erschwert. Die Julie hat sich hier schon gegen mich über die Adelswirtschaft, die in Frankfurt im Herzischen Hause getrieben, sehr lustig gemacht, und die Mariane, als ich neulich dabei war, wie sie, einen Wiener Diplomaten, der ihr empfohlen worden, aufmerksam behandelte, bemerkte mir, als er fort war, wie um sich in meinen Augen zu entschuldigen, sie könne solche Leute nicht entbehren, weil sie oft Geschäfte nach Wien hätte, die man nur durch Diplomaten könne besorgen lassen.

Bitte den Bernhard (77), die einliegende Anweisung für mich zu kassieren. Sollte mein Bruder Philipp nicht in Frankfurt sein, dann hat mein anderer Bruder, und ist auch dieser abwesend, Spiro Zahlung zu leisten. So ist der Vertrag.

Jetzt zu meiner Biographie zurück. Donnerstag war ich wieder in den Humboldtschen Vorlesungen. Sie sollten nur das Zuströmen der Menschen und Kutschen sehen. Es stehen Gendarmen zu Pferde und Polizelkommissare vor dem Hause. Ich habe wieder nichts gehört. Humboldt hat keinen deutlichen, überhaupt keinen schönen Vortrag. Mit meiner Harthörigkeit ist es schlimm, und ich glaube nicht, daß viel dagegen zu tun ist. Die Taubheiten, die in Wiesbaden kuriert werden, sind wohl rheumatische, schnell entstandene. Bei mir sind Unterleibskrankheiten, Stockungen des Geblüts Ursache. Ich werde in Eins Wasser und Dämpfe ins Ohr bringen, das hilft vielleicht. Ich bin aber hier mit sehr viel Grazie taub, und es macht mich nicht lächerlich.

Donnerstag abend wohnte ich der Aufführung von Händels »Alexanderfest« bei. Eine schöne Musik! Der aus mehr als 200 Personen bestehende Chor wurde von den Dilettanten der Singakademie gebildet. Die Milder (78) und zwei vortreffliche Sänger der Oper hatten die Solopartien. Die Julie Saaling sagte mir, die Chöre im Frankfurter Cäcilien-Verein gingen besser als hier. Man werde aber hier durch die Orchesterbegleitung geblendet, die dort fehle. – Nach dem Konzert ging ich zur Herz Tee trinken. Es unterhält mich sehr, diese Frau zu beobachten, zu belauschen und kennenzulernen. Früher war ich zu jung und zu verliebt, um sie zu verstehen. Décidément elle n‹a point d‹esprit; (79) aber Verstand, aber alten, der nicht mehr gelenk. Ihre Manieren, wie ich sie früher gekannt, tauchen nach und nach aus meiner Erinnerung empor. Sie hat etwas Gebietendes, Ungeduldiges, der *Masse* ihres Daseins Angemessenes, das man einer jungen schönen Frau gern nachsieht, von einer alten aber mit Mühe erträgt. Ich bin ihr gut, ich vermute aber, daß sich andere Frauen im stillen über sie lustig machen mögen. Sie hat noch die Minaudrien (80), Gesten und Lächeleien, die ihr vor dreißig Jahren eigen waren und sie damals so liebenswürdig machten. Ich beobachte die Mittel und Wege, durch welche sie sich altherkömmliches Ansehen zu erhalten sucht und welche wohl von den Berlinerinnen überhaupt zu gleichen Zwecken angewendet werden, besonders von den Jüdinnen, weil sie nur einen usurpatorischen Einfluß haben. Viele Visiten, viele Korrespondenzen, junge Leute werden angezogen, Reisende in die Fremde empfohlen, empfohlene Fremde protegiert. *Protegieren* scheint hier sehr Sitte, was nun freilich manchem forthilft. Die Herz spricht von ihren vornehmen Bekanntschaften, läßt im Vorbeigehen fallen, sie habe *den* Minister, *jenen* Grafen gesprochen. »Rauch (81) (der Bildhauer) ist von München gekommen, ich habe ihn gestern im Konzert gesprochen. Er hat mir gesagt: Ich habe einen Gruß an Sie von der Bayerischen Majestät (82) (der kennt mich noch von Rom)« ... Das hörte ich seit drei Tagen wohl zehnmal in verschiedenen Gesellschaften erzählen.

Gestern, Freitag, aß ich beim Präsidenten v. Scheve (83) zu Mittag. Die Carl hat mir einen Brief an ihn mitgegeben.

Wir waren 8 Personen, 4 Herren und 4 Frauen, deren Alter, nebeneinandergestellt, bis zum letzten Kreuzzuge reichen würde. Lauter Adlige. Die frugen mich nach zwanzig Frankfurtern, die ich nie habe nennen hören, nichts als Herr von, Fräulein von, Frau von. Sie haben, sooft sie durch Frankfurt kamen, im roten Hause logiert (welches seit länger als 30 Jahren kein Gasthof mehr ist). Es wurde von keiner bürgerlichen Seele gesprochen. Doch waren sie sehr artig gegen mich. Herr von Scheve und seine hochrot und dick geschminkte Frau sind ganz charmant. Ein junges schönes Mädchen, die meine Tochter, die Enkelin von zweien und die Urenkelin von den übrigen vier Gästen hätte sein können, und es vielleicht auch war, saß am ungewöhnlich breiten Tische mir gegenüber und richtete das Wort an mich. Da sprach ich mit einer süßen Flötenstimme, die ich in meiner Gewalt habe, aber bei bürgerlichem Lumpenpack, wie Ihr seid, nie gebrauche: »Mein Fräulein! Ich bedauere gar zu sehr, daß ich Ihnen lästig fallen muß, Ich höre etwas schwer.« Und das gute Kind wurde purpurrot, statt daß ich es hätte werden sollen. Wir Alten haben doch wenigstens das Vorrecht der Unverschämtheit! Der alte Mann, der neben Frau v. Scheve saß, ist unverkennbar ihr Liebhaber seit dem siebenjährigen Kriege. Als er zu husten anfing, stand seine alte Freundin vom Tische auf und holte aus ihrem Strickbeutel ein Riechfläschchen voll Rum und ließ ihn ein Zuckerlöffelchen davon einnehmen. Das sei gut gegen Husten. Dieses Mittel schien sie bloß für ihren Freund immer bei sich zu führen. Wir haben in Godesberg ein ähnlich altes liebend Paar gesehen, das einmal an unserm Tische saß, als der Kölner Baron ein großes Essen gab. Unter diesen wunderlichen Leuten, die gar nichts von mir wußten, als höchstens was die Carl von mir geschrieben (und wie wenig wird das sein!), saß ich nun wie ein armes Kätzchen, putzte mich hinter den Ohren und machte ein Donnerwetter-Gesicht. Was sich das junge Fräulein für Mühe gab, recht grade am Tische zu sitzen! Das ist ein Hauptpunkt in der Erziehung der adligen Jugend, und dieses aufrechte Wesen trägt auch viel zu der ehrfurchtgebietenden Haltung bei, die der Adel Bürgerlichen gegenüber zeigt. – Den Abend war ich bei Mariane Saaling zum Tee gebeten. Mehrere junge Herren, die Herz, Gans. Der letztere kommt hier nicht viel in Gesellschaft, und an einigen Orten, wo ich ihn traf, schien er nur aus Rücksicht für mich geladen. Man will ihn nicht haben, weil er jüdische Manieren hat, schmutzig ist und sehr schreit. Ich liebe ihn wegen seiner lauten Stimme. Ein wunderlicher Kerl! Seine Lampe brennt beständig im Zimmer, obzwar er abends nicht zu Hause, und er einen Bedienten hat, der zu jeder Zeit Licht anzünden könnte. Zuweilen zündet er ein Schwefelhölzchen an und saugt den Dampf ein – das täte ihm wohl. Ein großer Schwätzer, ich bin ein Diplomat gegen ihn. Es ist wirklich gefährlich, in seiner Gegenwart etwas zu sagen, was irgendeiner nicht wissen soll, er trägt alles herum und verkehrt Wort und Sinn; nicht aus Bosheit, aus Unbedachtsamkeit. Er verschwendet viel und mag wohl locker leben. Übrigens viel Geist, und das anerkannt. Bei der Saaling habe ich genau achtgegeben, wie es die Herz macht, immer im Gange zu bleiben und nie zurückgesetzt zu werden. Mehrere Junge Herren vom Gefolge der Saaling bekümmerten sich nicht um sie, Gans war indifferent, nur ich blieb ihr. Mit welcher Geschicklichkeit wußte sie mich festzuhalten, so daß ich sie immer mit einflechten mußte, selbst wenn ich mit andern sprach! Der Dr. Heyse (der Mann der Julie) gefällt mir gar zu gut. Er scheint so brav. Gegen seine Frau brachte ich Vorurteile mit, die ich bald aufgab. Sie ist sehr gut, einfach, sie ist *hold*. Dieses Wort würde ich für sie erfunden haben, wäre es nicht schon da gewesen. Aber Mariane ist liebenswürdiger. Es hat mich schon oft überrascht, welche Ähnlichkeit Ihr beide miteinander habt. Sie ist eine *Dolce jamais* (84), wie Du. Wenn ich noch einige Zeit um sie bin, wird sie mir ihre ganze Lebensgeschichte erzählt haben, ohne es zu wollen, ohne es zu wissen – bloß durch *Seufzer.* Man braucht nur zu hauchen, und die Saiten in ihrer Brust tönen wieder. Ich spielte mit ihrem Schlüsselbund, der auf dem Tisch lag. »Welche Schlüssel gefallen Ihnen am besten« fragte sie. Ich wählte einige zierlicher Form. »Dieser ist ein süßer Schlüssel, der zu meinem Zucker. Dieser ...« – und welcher ist der zu Ihren Briefen? fragte ich. Da seufzte sie, daß es im ganzen Zimmer widerhallte. Die Briefe des Manalva, der sie betrogen, das alles erriet ich. Später sprach sie vom Sterben, das sie fürchtet. Ich sagte allerlei über den Tod, wie man gleichgültiger sterben würde, ginge die ganze Welt mit unter; das geschähe aber. Wenn Sie sterben, stirbt die Welt mit Ihnen. »Ja, sagte sie, mit meinem Tode endet mit mir alles«, und dabei seufzte sie, daß es ein Erbarmen war. Es war ganz gewiß, daß sie an ihre Ehelosigkeit dachte. Es liegt den Saalings viel daran, daß es mir in Berlin gefalle, besonders des Dr. Neuburgs wegen, der Berlin immer verlästert. Julie sagte mir: »Ja, was gäbe der Neuburg darum, wenn ein Mann wie Sie Berlin unzufrieden verließe.«

Mittag aß ich im Wirtshaus. Abends ging ich zu Joseph Mendelssohn, wo ich, seit ich dort gegessen, noch nicht war. Ich fand die Frau mit einem jungen Menschen Schach spielen. Sie hielt die Partie für verloren und übergab sie mir. Ich spielte sie aus und gewann sie. Dann spielten wir Pikett. Dann kam die Mademoiselle Mendelssohn (die Pariserin), und wir spielten zu dritt Pikett. Später kam die Schwiegertochter, ein interessantes Frauenzimmer, und Mendelssohn. Man machte mir sehr Vorwürfe, daß ich so wenig komme. Ich mußte versprechen, wenn ich nach Ems ginge, sie oft auf ihrem Gute zu besuchen. Frau Mendelssohn liest englisch, spanisch und das übrige. Sie ließ mich das gern erfahren, indem sie mir kostbare Ausgaben von Calderon (85) und Shakespeare zeigte, die sie zum Geschenke bekommen. Mendelssohn spricht sehr jüdisch. Er sagte mir: Sie wissen wohl gar nicht, daß Sie noch einige Monate in Berlin bleiben? Ich habe es heute in einer Berliner Zeitung gelesen. Um 9 Uhr ging ich fort in ein Kaffeehaus und suchte mich gedruckt in der Zeitung. Da steht: »Der geistreiche (man nehme dieses Wort hier in seiner höchsten Bedeutung) Dr. Börne aus Frankfurt lebt jetzt hier und gedenkt einige Zeit hier zu verweilen. Es heißt, er werde sich bald mit einer liebenswürdigen Dame vermählen, die im Jahre 1783 geboren ist.« Im Kaffeehaus strich ein Herr lange Zeit um mich herum. Endlich trat er zu mir. »Habe ich nicht die Ehre, den Herrn Dr. Börne zu sprechen?« – Der bin ich. – »Meine Ahnung! meine Ahnung!« – »Ich habe ein Anliegen an Sie. Können Sie mir nicht sagen, was die polnische Gesellschaft in Offenbach macht?« – Die ist schon sehr lange aufgelöst. – »Ich war in die Sache verwickelt.« – Wen habe ich die Ehre zu sprechen? – »O meine Ahnung, meine Ahnung! mein Name ist zu unbekannt, als daß er Sie interessieren könnte. Ich heiße Löwenthal und bin Privatlehrer. Meine Ahnung! meine Ahnung!« – Ich dachte auf gut Frankfurtisch: [...] mit deiner Ahnung; sagte aber auf gut Berlinisch: Es hat mich sehr gefreut, Ihre Bekanntschaft zu machen.

Heute abend bin ich zum ersten Male, von meinem Grundsatz abgewichen und habe eine Berliner Merkwürdigkeit zu sehen versäumt, aus Faulheit. Nämlich, ein bal paré im Schauspielhause, wo der König und der ganze Hof hinkommt. Es ist der letzte diesen Winter. Ich hätte Schuhe anziehen müssen, das Entree kostete fast 3 Gulden, und ich wäre doch nur eine Viertelstunde dort geblieben. Es war aber unrecht. – Ja, Bärbelchen, ich fühle, daß die Weite der Entfernung von Dir trauriger ist als deren Dauer. Als ich heute Deinen Brief las, betrübte es mich, daß noch zwei meiner Briefe auf dem Wege waren, von denen Du noch nichts erfahren, und welche Du noch nicht beantworten konntest. Und so umgekehrt mit Dir. – Es schlägt 1 Uhr. Gute Nacht und tausend Nadelstiche auf Deinen Mund. – Das Geld von meinem Bruder verwahre, bis auch das Quartal der Polizei wird eingenommen sein, wozu ich in 8 Tagen die Quittung schicken will. Dann sollen nach meiner zu gebenden Anweisung Schulden davon bezahlt werden. Aber Bärbelchen, wäre nicht bald Zeit, von unsern Frühlingsplänen zu sprechen? Wo und wann zusammenkommen? Ich muß doch meinen hiesigen Aufenthalt und fernere Reisen danach einrichten. Kopenhagen habe ich aufgegeben, doch will ich nach Hamburg. – Empfangen Nr. 8 – Sonntag *d. 2. März* B.g.W.

Berlin, d. 4. März (Dienstag) 1828

[... im Original unleserlich] Als diesen Morgen Dein Brief kam, lag ich noch im Bett, und die Tür war verschlossen. Der Briefträger pochte mich aus dem Schlaf, und da kam ich mir vor wie ein reisender König, den man unter dem Donner der Kanonen süß anredet. Dein guter Carl und sein Herz waren in großer Verwirrung. Nackt war ich und sollte mich erst ankleiden, ehe ich den Brief öffnete, und noch hundert andere Sachen verrichten. Aber ich war geduldig aus Üppigkeit und ließ mein Glück recht dick und süß einkochen. Ich ließ nur sogar erst Tee machen, als etwas Ungewöhnliches, holte die Schachtel herbei und nahm die Zuckerplätzchen heraus. Dann las ich Deine allersüßesten Zeilen und war glücklicher als im Paradiese, wo man vielleicht Anisplätzchen bekommt, aber gewiß keine Briefe. Aber wie kamst Du nur auf den Gedanken, daß ich mich *anstrenge* durch meine biographische Genauigkeit? Wenn ich Äußerlichkeiten erzähle, so geschieht es nur, weil dieses der einzige Weg ist, mir meine Gedanken und Empfindungen in Erinnerung zu bringen. Ja, die Mariane ist bezaubernd; nur Dir würde sie nicht gefallen, weil Du so bescheiden bist. Aber mein Ideal ist sie nicht, Du bist mein Ideal, und sie gleicht Dir nur so viel, als die Wirklichkeit einem Ideale gleichkommen kann. Ich beobachte sie, wenn sie sich mit den Gegenwärtigen unterhält, es ist ganz Deine liebevolle und herzliche Art. Sie zieht keinen vor, setzt keinen zurück und ist in Gesellschaft zu gut, ihr Herz zu zeigen. Mir sagte sie schon längst: ich habe niemand in Berlin, der mich interessierte, und der Beifall eines Mannes wie Sie ist mir werter als alles. Mit dem, was mir die Herz neulich von ihrem vergangenen Leben erzählte, hat es seine Richtigkeit, ich habe mir es umständlicher erzählen lassen. Sie hat zweimal unglücklich geliebt, den Koreff, der sie gar nicht erhört, und – den Manalva, der sie getäuscht – beide Wahlen ihrer unwürdig. Ich fragte die Herz, ob wohl Mariane noch heiraten würde? Sie meinte, ja, wenn sich eine Gelegenheit fände. Ich will mir die Sache überlegen. Die eine hat 20 000

Gulden, die andere soviel Taler. Die eine ist 1783 geboren, die andere mehrere Jahre später. Die eine hat einen Bei-Hans, einen Schaltgeliebten, die andere würde nur ihren Mann lieben. Aber Dein Bärbelchen ist so gut! Gut? Hat sie Dich nicht einst vor ihrer Tür jammern lassen wie einen Pudel? Aber Du kennst sie schon zehn Jahre und die andere erst wenige Tage! Wie! Ich kenne sie? Ich glaubte sie auch zu kennen, als ein Hans kam und schneller als der Blitz den Baum ihr Herz traf! Aber sie hat Deine Wechsel in Händen! Wechsel! O Gott! Geld oder nicht Geld! Sein oder nicht sein! Fort von mir höllische Gedanken! Ich bin Dein, Bärbelchen, Dein auf ewig. Du hast gesiegt ... Wie gefällt Dir dieser Monolog, ist er nicht à la Hamlet? O Du Schlaue! O ich Dummkopf! – In einem hiesigen Blatte las ich gestern, unter der Aufschrift: *Zur Berliner Konversation,* »Der geistreiche Doktor L. Börne aus Frankfurt am Main, früher Herausgeber der Wage, dessen kritische, scharfe Feder wirkungsreicher gewesen, als sein Name in Norddeutschland bekannt ist, befindet sich gegenwärtig hier, nachdem er auf einer größeren Reise Weimar besucht hat. Er wird Berlin, das er seit zwanzig Jahren nicht gesehen, hoffentlich verändert finden.« Wie glücklich muß einst meine Frau werden! Sie wird, sie weiß nicht wie, *Frau geistreiche Doktorin.* O Bärbelchen, hier müßtest Du mich sehen und hören, mit meiner Feiertags-Seele! Ich sage die artigsten Sachen und so allerliebste kleine Worte, als sie nie von mir gehört worden sind in Frankfurt. Die Saaling sagte mir neulich, ihr Schwager Dr. Heyse habe erklärt. ich sei der liebenswürdigste Mensch, der ihm seit Jahren vorgekommen. Und zu bedenken, daß Heyse im Hause Mendelssohns gelebt, wo sich alle interessanten Fremden versammeln. Heil der Gattin eines solchen Mannes! Die Herz und die Saaling haben schon oft mit mir davon gesprochen, wann wir uns heiraten würden, und wir sollten hierher ziehen, es wenigstens versuchen, und es würde Ihnen gewiß hier gefallen. Gestern habe ich vor der Herz mein ganzes Herz ausgegossen und mit Begeisterung gesprochen von Jeanette wie sie ist, aber (damit Du nicht zu stolz wirst) auch von Jeanette wie sie sein sollte. Da hat sie aufgehorcht!

Sonntag mittag war ich bei einem jüdischen Bankier Lypke zu Tisch. Ich atmete dort einige Mundvoll Frankfurter Luft. Der Herr Bankier ist ein guter dicker Jude. Die Frau eine Lydie, die unaufhörlich von Theater und Literatur spricht. Ich ließ mich zwar nicht mit ihr ein, aber da waren einige literarische Schmarotzer, die Rede standen und mich entsetzlich langweilten. Die Schriftsteller hier werden sehr gefüttert. Der Geist gedeiht nicht dabei, die ich noch von ihnen kennengelernt, behagten mir wenig. Sie geben alle ihre Freiheit einer Partei, einer Koterie (86) hin. Ich hätte große Lust, wie ein Wolf in diese Herde Schafe einzubrechen. Das Theater ist hier Hauptgegenstand des Gesprächs. Der König steht in diesem leidenschaftlichen Hange oben an. Aber die Zirkel, in welchen ich mich bewege und die Sie kennen, sind von dieser Schwäche frei, ich höre dort fast gar nicht vom Theater sprechen. Sonntag abend wurde bei Mendelssohn eine Unterhaltung in den Gang gebracht, die mich sehr angenehm überraschte. Nämlich Aufgaben von Scharaden in Handlungen jede Silbe des zu erratenden Worts, und endlich, wie bei Scharaden üblich, das ganze Wort, wird, statt gefragt, pantomimisch dargestellt. Es gehört viel Scharfsinn dazu. Ich will Ihnen durch Beispiele die Sache deutlich machen. Ein Teil der Gesellschaft, etwa zehn, gingen in ein Nebenzimmer, sich dort zu kostümieren. Da kamen sie nun zuerst als Chinesen gekleidet heraus, setzten sich nebeneinander auf die Erde und wackelten mit den Köpfen wie die gipsernen Pagoden. Das war die Silbe ja. Zum zweiten Mal erschien ein Gott als Statue auf einem Piedestal, eine Flöte am Mund. Es wurde ihm geopfert und um ihn getanzt. Das war die Silbe *Pan.* Endlich wurde ein morgendländischer Fürst vorgestellt, der europäischen Gesandten Audienz gab.

Das war das ganze Wort *Japan.* Zweite Scharade: Wilde lagern sich um ein Feuer. Ein Europäer wird herbeigeschleppt. Sie fallen freßbegierig über ihn her, ihn zu verzehren. Einer reißt ihn immer dem andern aus der Hand. Das ist die Silbe *Gier.* Ferner: Eine Dorfschule wird vorgestellt. Der Schulmeister sagt den Kinder a vor, welches sie nachplärren. Das ist die zweite Silbe a. Zur dritten Silbe wurde durch eine Fee ein verstecktes Märchen hervorgezaubert – *Fee.* Endlich, das Ganze zu bezeichnen, trat eine aus mehreren Männern und Kindern, zusammengesetzte *Giraffe* ins Zimmer. Das Spiel, obzwar viel Zeit dazu gehört wegen der Kostümierung, ist sehr unterhaltend. Als man mir erzählte, sie hätten neulich das schwere Wort *Birmanen* aufgeführt *(Bier* und *Manen)* machte ich mich ein wenig über die Frankfurter lustig und sagte: das hätten wir dort nie erraten; ja, noch mehr, wenn man uns auch dort gleich das ganze Wort Birmanen genannt hätte, würden wir auch nicht erraten haben, was es bedeute. »Aber mein Bärbelchen ausgenommen« – setzte ich hinzu. Wer ist Bärbelchen? frug ein Legationssekretär, der ein Gesicht hat wie ein versiegelter Brief ohne Adresse. Ich warf ihm einen wütenden Blick zu und sagte: Elender, Du kennst mein Bärbelchen nicht? Du bist auch nicht wert, sie zu kennen ... Darauf erwachte ich und schrieb meinen Brief weiter.

Jean Pauls Witwe hat mich bitten lassen, sie zu besuchen. Dieser Aufsatz über J. Paul hat mich sehr bekannt gemacht. Bei Mendelssohn traf ich schon einige Male einen jungen blinden Menschen, der seit seinem achten Jahre das Gesicht verloren. Er studiert. Wie heiter der ist! Er ist kein Berliner, aber schon lange hier. Es ist rührend, wenn er erzählt, wie glücklich er in stiller Nacht wäre, wo er sich die schönsten Menschen und Landschaften ausmale. Ich setzte mich zu ihm und dachte, er kenne mich nicht. Aber da frug er, ob ich je in Kassel gewesen? Ich sagte, nein, ich würde aber bald hinkommen. Dort lebte eine Madame Sieber, die liebenswürdigste Frau, die er je kennengelernt, eine Anbeterin J. Pauls, die meine Denkrede entzückt. Sie habe sie ihm weit, weit her damals auf der Post zugeschickt. Wenn ich sie besuchte, würde sie ganz glücklich sein. Schön, dachte ich, hätte ich also in Kassel auch schon einen Hans! Aber Heil der Gattin eines solchen Mannes.

Die Ihnen erzählte Geschichte von dem traurigen Tode des Mädchens, das ein herabfallender Hammer getötet, ist für ängstlich vorsichtige Leute sehr belehrend, also auch für Sie. Sie beweist, daß ängstliche Vorsicht, statt zu helfen, oft gerade ins Verderben führt, weil das tückische Schicksal immer neue Wege erfindet. Das Mädchen ging mit ihrer Freundin in der Nähe des Hauses, das mit einem Gerüste versehen war und einen Torweg hatte, der in eine andere Straße führt. »Wir wollen nicht vor dem Haus vorbeigehen«, sagte das Mädchen, »es könnte etwas herunterfallen; wir wollen lieber durch das Tor hinten herumgehen.« Sie tat es, und unter dem *gewölbten* Tor traf sie der Hammer, der vom Dach fiel. Er fiel nämlich zuerst auf das Gerüst und prallte dann so zurück, daß er ins Tor hineinkommen mußte. Wäre das Mädchen ohne Ängstlichkeit vor dem Haus vorübergegangen, hätte sie der fallende Hammer nicht berührt.

Ich habe der Mariane Saaling die Geschichte von ihrer Nichte auf dem Getzischen Balle erzählt, vom Sitzenbleiben, von dem Spottgedichte. Sie wußte nichts davon oder stellte sich, als wisse sie nichts davon; vielleicht um meinen Bericht mit dem schon erhaltenen zu vergleichen. Bei dieser Gelegenheit sagte sie mir: die Mariane Herz habe Verstand, aber zu ihrem Unglück habe sie sie, Saaling, zum Muster genommen, und bei jeder blinden Nachahmung verliere man. Die andere Schwester wäre ein sehr gutes Mädchen. Es ist ein sehr angenehmer Scherz, ja es ist sehr witzig, daß Du meintest, wir wollten meine Berliner Reisekosten auf einer Schweizer Reise zu ersparen suchen. Aber Dein Ernst wird es doch wohl nicht sein? Weib, ich will Dich beschweizern! Eingesperrt wirst Du diesen Sommer, nicht ausgehen, ja keine Schuhe und Strümpfe darfst Du anziehen, bis mein Geld wieder herbeigehungert. Dagegen reise ich umher und erzähle Dir alles, was in der Welt vorgeht. Du kannst indessen meine zerrissenen Socken flicken, aber ja nicht zu dick! – Ein Herr Emden, der hier wohnt, ein geborener Frankfurter, hat mich besucht. Mein Herz schlug ihm entgegen. – Das Theater habe ich nicht weiter besucht. Ich kann nicht dazu kommen, und es macht mir keine Freude. Aber für die Schnapper wäre das eine Lust! Alle drei Tage Theater, die schönsten Ballette, fast so schön als in Paris. – Ich hörte diesen Abend, die Schwester der Sontag, die in Frankfurt bei Dr. Schmidt gewohnt ... Aber ich Esel, das haben Sie mir ja selbst geschrieben. Sie ist hier schon aufgetreten. Warum ist sie denn so schnell fort? – Dem Oppenheimer (87) können Sie im allgemeinen sagen, daß man hier einen Taler brauche wie in Frankfurt einen Gulden; doch das aufs höchste, denn das billige Leben lerne ein Fremder nie kennen. Ob sein Herziehen sonst rätlich, darüber muß ich mich mit Sachkundigen besprechen. So viel hab ich schon gehört, daß nach Verhältnis der Stadt es sehr wenige Porträtmaler hier gäbe. Die Regierung tut viel für die Kunst, es werden große Sammlungen angelegt, ein großes Museum ist gebaut worden. Über die Preußische Regierung habe ich meine Ansichten sehr geändert. Sie ist besser, als man bei uns weiß, ja sie ist gut. Bei Gelegenheit mehr davon.

Sie wären nur ein schöner Richter geworden! Kommt eine von Heidelberg hergelaufene Person, die kein gutes Haar auf dem Kopfe hat, und sagt Ihnen, Dr. Börne sei eitel, und sogleich fällt Frau Kriminalrätin Bärbelchen das Urteil: Börne, ist eitel. Aber die Beweise? Hat man Ihnen Beweise gegeben, und haben Sie sie gefordert? Übrigens ist es sonderbar, daß, wenn die Leute eine zu gute Meinung von uns haben und sie dann aufgeben, sie es dann uns zum Verbrechen machen. Habe ich denn gesagt, daß ich nicht eitel wäre? Ich habe höchstens behauptet, daß ich mich von der Eitelkeit nicht *quälen* lasse, wie andere Leute; wenn mir aber die mühelose Befriedigung einer Eitelkeit Vergnügen gewährt, warum soll ich sie nicht genießen? Übrigens ahne ich gar nicht, worauf sich das beziehen kann, und lassen Sie sich‹s doch erklären.

Heute habe ich in Begleitung der Herz und einiger ihr verwandten häßlichen Damen die Gipsabgüsse der Antiken gesehen. Beim Weggehen frug ich die Herz, wieviel man dem Kastellan Trinkgeld zu geben [habe]? Raten Sie wieviel? Drei Gulden nach unserem Geld. Ich hätte des Teufels werden mögen und verwünschte die gipserne Mediceeische Venus (88) und meine häßlichen alten Weiberchen. Da gefiel mir die Herz wieder gar nicht. Das Kunstwerk ergreift sie, und sie begreift es nicht. Auswendiggelernter Enthusiasmus, triviale Galerie-Bemerkungen und untertänigste Huldigung jeder legitimen Fratze, ohne eigenes Urteil, ob dem Bilde auch Huldigung gebühre. Unaufhörlich wies sie den armen Kastellan zurecht, natürlich ein Papagei, der hersagt, was er auswendig gelernt. Vieles war mir bekannt, ich hatte die Originale in Paris gesehen. Aber zum ersten Mal sah ich die Gruppe der Niobe (89), ein Trauerspiel in Marmor, das mich in der tiefsten Seele erschütterte. Sie steht in Florenz und muß von ungeheurer Wirkung sein. Ich begreife nur nicht, wie so viele Kunstwerkbeschauer in einer öffentlichen Galerie von ihrer Begeisterung reden können. Es fiele nur ebenso schwer, einer marmornen Niobe als einer lebenden vor allen Menschen meine Liebe zu erklären. Und weil ich nicht geschwatzt, warf mir die Herz nachher vor, ich sei so kalt gewesen. Mein armes Herz weiß gar nicht mehr, was es mit dieser alten Liebschaft machen soll. Manchmal bin ich ihr gut, manchmal muß ich mich über sie lustig machen ... Ich habe sie soeben verlassen, ich habe den Abend bei ihr zugebracht. Es waren noch einige Herren da. Solange wir allein waren, spielten wir Schach. Sie war weiß angezogen und hatte einen weißen Turban um den Kopf. Während sie auf das Brett sah, sah ich sie unbemerkt an. Ihr faltenreiches Gesicht erschien mir als ein Vorhang, hinter dem sich ihre einstige Schönheit versteckt hielt. Ich zog ihn weg, aber es war nichts dahinter. Ich war so gerührt, daß ich mir die Königin darüber nehmen ließ. O die grausame Zeit, die alles zerreißt und zermalmt, ehe sie es verschlingt! Dann fing sie aber mit einem Kunstkenner ein langes und breites von Gemälden zu sprechen [an], und da machte ich mich wieder über sie lustig. »Das Fleisch dieses Malers gefällt mir nicht ... sein Fleisch ist gut ... sein Fleisch ist zu schwammig ...«, so ging es in einem fort;

mir wurde ganz übel. Ich glaubte, bei einem Metzger zu sein. – Die Damen hier werden abends auf der Straße oft von jungen Herren angeredet und zudringlich behandelt. Zu einer alten Frau, einer Freundin der Herz, kam neulich ein Herr auf der Straße und frug: Kann ich das Vergnügen haben, Sie nach Hause zu begleiten? – Warten Sie nur, bis wir an eine Laterne kommen, erwiderte die Alte. Den jungen Herren geht es aber auf der Straße nicht besser von seiten der Damen. Was Dein kleiner Carl aussteht, das glaubst Du gar nicht. Ich darf ohne Bedienten mich abends nicht auf die Straße wagen. Kommt aber wieder einmal ein Mädchen und fragt mich, ob ich sie nicht nach Hause begleiten wolle, werde ich ihr auch antworten: Warte nur mein Kind, bis wir an eine Laterne kommen. Aber (im Ernste) welche schönen Dinge sind mir schon gesagt worden, über die Lebhaftigkeit meiner Züge, über meine schönen Augen! Und von wem? In Frankfurt haben die Leute keinen Geschmack. Nur Du hattest den Geschmack, mich zu wählen, und Heil Dir darum! Dein guter, treuer, lieber, schöner, geistreicher Carl (5. März erhalten Nr. 9.)

Berlin, Freitag, d. 7. März 1828

Freitag steht oben, aber erst heute, Samstag, konnte ich den Brief anfangen. Ach!, was sind die berühmten Leute geplagt. Ich komme manchmal in Verzweiflung. Habe ich ja einmal eine glückliche Stunde, wo keine Unruhe mich stört, zerstört die Zerstörung von Korinth, die bei mir wohnt, mir solch eine seltene glückliche Stunde. So heißt ein Trauerspiel im Manuskript, das ein junger Dichter meinem Urteile unterworfen. Der unheilbringende Jüngling ist mir empfohlen worden, und ich darf ihn nicht abweisen. Jetzt lauscht er nun angstvoll auf jedes meiner Worte, schwebt zwischen Tod und Leben und jammert mich so sehr, als ich mir selbst jammere. Welche Freude hatte ich vorgestern abend, da ich um 7 Uhr, als ich grade in den Wagen steigen wollte, Deinen Brief bekam, den ich erst den andern Morgen erwartete. Aber ich bin nicht zufrieden mit Deinen Briefen. Nicht mehr als drei Seiten, und das Maß verfälschst Du wie ein Jude. Ausgestrichene Worte, Gedankenstriche, und alles wird benutzt, einen ehrlichen Christen zu verkürzen. Aber nein, Deine Gedankenstriche sind schön, ich mußte darüber lachen. Also beständig bist *Du? Du* hast Dich noch gar nicht verändert? Und *ich*? O die Weiber! Sei nur ruhig. Ihr taugt alle nichts. Eine ist schlimmer als die andere, und das ist Euer Glück. Wir werden endlich so klug, einzusehen, es sei am besten, bei der stehenzubleiben, die wir gerade lieben, weil sie wenigstens besser sein wird als ihre Nachfolgerin. Du armes Bärbelchen, hat denn Dein Schnupfen hoch steigen müssen, als er in den Kopf stieg? Der kleine Schnupfen wird recht müde geworden sein. Wer war denn die diamantene Gesellschaft, die grade bei Dir war, als mein Brief kam? Warum nennst Du die Leute nicht? Es waren gewiß ungeschliffene Diamanten. Und warum mußtest Du in das kalte Zimmer gehen, als mein Brief kam? Und warum läßt Du das Schlafzimmer nicht heizen, wenn Du nicht wohl bist? Sollen etwa durch diese Ökonomie meine Reisekosten ersetzt werden? Jawohl, gutes Bärbelchen. Ich weinte dabei, als ich meinem Hausherrn das Lied vorsang, aber vielleicht hat er es nicht gemerkt, es waren nur drei Tränen in beiden Augen. Doch wenn ich im Vorbeigehen in seinen Laden sehe, scheint es mir immer, als lachten mich die Kommis aus. Er heißt *Logier.* Sein Bruder, auch hier, ist berühmt durch ein neues musikalisches System, das er aufgestellt. – Von Heine las ich neulich in einem hiesigen Blatte, er wäre sehr krank in München. Doch ist die Nachricht sehr alt, er muß also wiederhergestellt sein. Man erzählte mir hier, der König von Bayern habe ihn eigentlich nach München berufen. (90) Ohne ihm gerade eine bestimmte Stelle anzuweisen, habe er versprochen, für ihn zu sorgen. Der Hans hat viel Glück bei Königen und Königinnen! Was heißt *Dachles?* (91) Das habe ich vergessen. Aber Dich und den geliebten Milchkuchen werde ich nicht vergessen. Unsere Déjeuners, ja, die waren himmlisch! aber wer wehrt es uns, sie wieder zu haben? Es ist doch Zeit, daß wir darüber sprechen, wann und wo wir wieder zusammenkommen, und wann und wo Du Deinem *ehemaligen* Freunde es mit Tränen der Reue abbitten wirst, daß Du ihn so genannt hast. Ich muß doch vorher wissen, wie ich meine Reisezeit zwischen hier, Hamburg und andern Orten zu verteilen habe. Wann gedenkst Du von Frankfurt wegzugehen? Noch einmal vorher nach Frankfurt *zu* kommen, wird doch für mich durchaus nicht angehen, und Du würdest es mir auch nicht raten. Es wäre hinderlich für unsere Pläne. Also frisch Deinen Kopf angestrengt und überlegt.

Humboldt würde ich wohl gern kennenlernen, aber ich habe niemand, der mich bei ihm einführt. Auch ist er viel bei Hofe und wenig zu Hause. Es ist doch sonderbar, daß hier wirklich nur die Juden oder getaufte Juden Häuser machen und die Christen fast gar nicht. Christliche reiche Kaufleute gibt es hier wenige, und die übrigen Stände, die Staatsbeamten und solche haben kein Geld. Ich bemerke das deutlich an einem Wiener vornehmen Herrn, der, bei der Österreichischen Gesandtschaft attachiert, vor vierzehn Tagen hierher kam und dem es an mannigfaltigen Empfehlungen nicht mangeln kann. Wo und sooft ich irgendwo hinkomme in dem Kreise meiner Bekannten, finde ich ihn auch – Beweis, daß er anderswo nicht eingeladen wird. Bei Hegel hat der Gans versprochen mich einzuführen, der Windbeutel hat aber bis jetzt nicht Wort gehalten. Es kann auch sein, daß dieser Herr nichts von mir wissen will, wegen meiner Schrift gegen die kritische Gesellschaft, deren Direktor er ist. Die Herren haben sich sehr über mich geärgert, da sie fühlten, ja es gestanden, daß ich Eindruck mache.

Die Berechnung über meine Wechsel habe ich endlich begriffen. Ich konnte immer nicht ausmitteln, wo die Zinsen hingekommen, und ich fragte mich: wo bleibt die Katz? jetzt weiß ich, wo sie steckt. – Bitten Sie Samuel, das Polizeigeld am 15. März von Schulz einkassieren zu lassen und ihm einen Gulden zu geben. Nächstens will ich Ihnen das Verzeichnis meiner Schulden schicken, daß sie bezahlt werden vom vorrätigen Gelde. Von meinen Diners und Soirees will ich nicht weiter sprechen; ist etwas Besonderes dabei zu bemerken, dann tue ich es. Ich komme auch in Häuser, an die ich keine Empfehlungen hatte, von Hiesigen eingeführt. Was ich in Frankfurt vom hiesigen schlechten Leben gehört, habe ich durchaus falsch gefunden. Der Luxus hier beim Essen ist nicht so groß als wie bei uns, das kommt aber daher, weil sie in Frankfurt nur selten Feten geben, hier aber jede Woche, und weil sie dort nur mit Essen und Trinken bewirten können, aber hier auch mit geistigen Unterhaltungen. Das Essen und der Wein ist so gut, oft besser als bei uns. Spargel und junge Erbsen wie bei uns im Sommer, alle möglichen Weine, ach! und welche Austern! Viermal so groß als die Pariser. Ich spiele hier zuweilen Schach, mit der Herz, mit der Madame und der Mamsell Mendelssohn. Diese letztere ist auch eine von den Roman-Charaktern, die ich mir in meinem Gedächtnisse zu skizzieren suche. Etliche und fünfzig Jahre alt, das sieht man ihr an; aber gebildet und geistreich; ich habe keine Beweise dafür. Sie hat ein beredtes Schweigen. Der lange Aufenthalt in Paris gab ihr eine merkwürdige feine Haltung. Sie nimmt sich nicht einmal die Mühe mehr, im stillen zu beobachten, sie kennt die Welt auswendig. Ich spielte gestern Schach mit ihr und ließ sie die Partie gewinnen, mit vieler Geschicklichkeit. Man hat auch Verstand. Kein Lob über meinen Sontags-Aufsatz (der hier hundertmal mehr gefällt als in Frankfurt) war mir schmeichelhafter als das der Demoiselle Mendelssohn. Sie sprach von der »unnachahmlichen Feinheit« darin, und ich dachte, das müßte eine Pariserin doch verstehen. Die M. Saaling hat den Aufsatz in einer und der nämlichen Gesellschaft schon dreimal vorlesen hören. Über meine gute alte Herz machen sich die Leute sehr lustig, weil sie sich wie ein junges Mädchen kleidet, Hals und Brust offen trägt und lieber vom Teufel als von Altsein reden hört. Sogar die gute Mariane spottet ihrer. Ich verteidige sie und im Ernste. Das Alter ist ein Übel, denke ich, und wenn man ein unvermeidliches Übel, das man fühlen muß, nicht auch *sehen* will und die Augen zumacht, ist denn das zu tadeln? Es wird keiner der Herz ins Gesicht sagen, sie sei alt, und wenn sie selbst es sich vergessen machen kann, wem schadet das? Die Weiber sind alle so. Die M. Saaling meint zwar, sie sei anders, sie habe schon längst angefangen, sich alt zu kleiden (und das ist wahr!). Aber sie kleidet sich nicht ihrem Alter gemäß, sie kleidet sich älter als sie ist, und das ist ganz die nämliche Eitelkeit. Sie weiß recht gut, daß ihr die alte Haube gut steht und daß es schön klingt, wenn sie sagt: sie wäre ein hübsch‹ alt Mädchen. Aber es ist doch mit so einer altgewordenen Geliebten, wie die Herz, die man nach einem Vierteljahrhundert wieder sieht, eine ganz komische und schnurrige Sache! Neulich schrieb sie mir: »Wenn Ihr Diner Ihnen noch etwas Lebenskraft läßt, so kommen Sie zu mir, wir spielen Schach und trinken Tee. H.« Ich dachte: Ei, was braucht man Lebenskraft zu Schach und Tee? Wenn sie nun zu Dir spräche zwischen Schach und Tee: »Mein Freund, Sie lieben mich schon 25 Jahre. Ihre Standhaftigkeit rührt mich, Ihre Treue verdient Belohnung?« – ich kam nicht.

Ich versprach Ihnen, die Billetts zu schicken, die ich hier bekommen würde, und Sie erinnerten mich an mein Versprechen. Ich dachte anfänglich, man würde nur häufig schreiben; es ist aber nicht geschehen. Ich sehe meine Bekannten zu oft, als daß es nötig wäre, und ich besitze bloß einige unbedeutende Zeilen von der Herz, der Varnhagen und einigen Herren. Selbst geschrieben habe ich noch keine als gestern zum ersten Male eines an die M. Saaling, das ich für Sie abgeschrieben und es Ihnen hier mitteile, obzwar ich recht gut weiß, daß das gescheite Bärbelchen mich ehrlichen Tölpel auslachen wird, der ihr alles so haarklein und offenherzig erzählt. Wir Männer sind gar zu edel! – »Guten Morgen mein Fräulein. – Ein Brief hat es doch recht gut in diesem Leben! Er darf kommen, so oft und so früh er will, braucht nicht zu schellen, sich nicht anmelden zu lassen und nicht zu fürchten, daß er abgewiesen werde. Ich möchte wohl ein Brief sein, bis zum grünen Vorhang, hinter ihm aber wieder lieber ein Mensch. Ich schicke Ihnen dies Billett durch die kleine Post, um sie zu versuchen, ob sie sicher sei, ob geschwind und wie lange es währe, bis man eine Antwort erhält – wenn man eine erhält. Ich muß dieses alles wissen, wegen meiner künftigen Beschreibung von Berlin. Die gute Madame Mendelssohn hat mich auf Mittag einladen lassen. Nehmen Sie teil an meiner Freude, deren größter Teil Sie selbst sind. Die Einladung kam noch spät gestern abend, und Ihrem armen Freunde war sehr bange den ganzen Tag, sie möchte nicht kommen. Als ich Sie vorgestern abend verließ, schrieb ich noch viel nach Frankfurt von zwei Schwestern, die mich der gute Gott, der mir immer gnädig war, auf meinem Wege finden ließ. Von der Einen schrieb ich: ›Sie ist hold – und dieses Wort hätte ich für sie erfunden, wäre es nicht schon da gewesen. Welche von bei den Schwestern habe ich gemeint? Die oder der es errät, bekommt drei Pfannkuchen von Schauß. – Ich küsse Ihnen die Hand, mein teures Fräulein, mit der herzlichsten Ergebenheit.‹« – Wie gefällt Dir das? Kann man das Billett nicht gegen den Husten brauchen, ist es nicht, wie gekochter Kandiszucker? Die Antwort werde ich erst heute bekommen, und ich teile sie dir auch mit.

Gestern abend führte mich Gans in einen ihm verwandten Familienzirkel, wo zur Feier des Geburtstags des 70jährigen Hausvaters eine große Fete war. Juden, und jüdische Juden, das war komisch. Sehr glänzend, und die Weiber haben Lotto gespielt, wie bei uns. Und Freitag abend, und gestrickt und doch jüdisch!

Vor einigen Tagen starb ein fünfjähriges Kind. Man legte es in den offenen Sarg, um es den andern Tag zu begraben. Nachts kam es zu seiner Mutter ans Bett und sagte: Mutter, nimm mich zu Dir, es friert mich. – Vorgestern, da Glatteis war, fielen ein Mann und eine Frau, Eheleute, auf der Straße und brachen beide jeder ein Bein, er das rechte, sie das linke. Ist das nicht romantische Treue? – Im Wasser wurde eine maskierte Dame mit auf dem Rücken gebundenen Händen gefunden. Sie wurde also hineingeworfen. – Der König hat gegen eine Belohnung von 5000 Taler einen Mann hierherberufen, der ein Mittel erfunden hat, vom *Stammeln* zu befreien. Jeder Geheilte zahlt eine gewisse Summe und muß schwören, das Mittel keinem mitzuteilen. Es ist wunderbar, was der menschliche Geist nicht alles erfindet! Es ist keine Medizin, keine Operation, keine Übung. Der Mann gibt nur den Stammelnden eine gewisse Regel, und darauf können sie sprechen. Ein verheirateter Sohn Mendelssohns, ein großer Stammler, wurde auch auf die Art geheilt. Er sagt: es wäre ganz unbegreiflich, wie nicht jeder von selbst auf das so einfache Mittel fiele. – Ein neues Lustspiel: der *Kammerdiener* (92) macht seit einigen Tagen viel Aufsehen. Der Haupt-Charakter ist eine getaufte Jüdin, die ihre Abstammung vergessen machen will, von Juden nichts hören kann und nur christlichen Umgang sucht. Sie verliebt sich in einen gebildeten Christen, der ihre Bekanntschaft sucht und macht, und der feine Herr ist ein verkleideter Kammerdiener. Das ist eine Geschichte wie in den »précieuses ridicules« von Deinem neuen Hans. (93) Es sollen gewisse jüdische Damen, die man nennt, im Stück porträtiert sein. – Gewiß habe ich den Hitzig besucht, aber nicht gefunden. Er war auch bei mir und traf mich nicht. Wir haben uns aber außer dem Hause gesprochen. – Nennen Sie mir doch den Advokat von Reinganums Geschwistern! – Sie kennen doch die Hendel-Schütz (94) dem Namen nach? Schauderhafte Dinge hat man nur von ihr erzählt. Sie soll eine wahre Medea (95) sein. Nach ihrem ersten Mann heiratete sie, als sie auf der hiesigen Bühne war, den Dr. Meyer, einen Arzt. Sie bekam vier Kinder von ihm. Der Meyer wurde ihrer überdrüssig, ließ sich von ihr scheiden und heiratete eine andere. Da schwor sie ihm ewige Rache. Sie wollte die Furie sein, die ihn und alle, die ihm gehörten, verfolgte, bis sie von der Erde vertilgt wären. Als des Dr. Meyers zweite Frau im ersten Wochenbette lag, trat die Hendel mit gezücktem Dolche vor sie hin und blieb in der schrecklichsten Gestalt, die sie von der tragischen Kunst gelernt, toddrohend vor ihr stehen. Darüber entsetzte sich die Wöchnerin, so daß sie immer kränkelte und endlich, nachdem sie noch einige Kinder geboren, starb. Auch alle Kinder starben. Die Hendel nahm zwei ihrer eigenen Kinder mit nach Halle, und die Kinder starben bald. Zwei Söhne behielt der Dr. Meyer bei sich. Als der eine erwachsen war, ging er nach Halle auf die Universität. Bald darauf erhielt der Vater die Nachricht, er habe sich erschossen. Der zweite Sohn studierte auch, und wie durch einen Fluch des Schicksals getrieben, ließ er sich von seinem Vater nicht abhalten, nach Halle zu gehen, wo seine Mutter wohnte. Nach einem Jahr kehrte er nach Berlin mit unbesiegbarer Schwermut zurück. Vergebens drang lange der Vater in ihn, zu sagen, woran er leide. Endlich gestand er dem Vater, er könne seine Güte nicht länger ertragen, er verdiene sie nicht, er sei nicht sein Vater. Die Mutter in Halle habe ihm gesagt, daß sie alle von einem andern Vater wären. Meyer suchte ihn zu beruhigen, indem er ganz fest überzeugt, die Kinder der Hendel seien von ihm. Der Sohn ließ sich aber nicht enttäuschen, blieb schwermütig und erschoß sich endlich. Als die Hendel Nachricht von dessen Tode bekam, schrieb sie dem Meyer: jetzt sei ihre Rache voll. Sie habe die beiden Söhne, sie in Verzweiflung zu stürzen, glauben gemacht, sie hätten einen anderen Vater; ihm aber, seinen Schmerz zu vergrößern, wolle sie in Wahrheit sagen, daß er wirklich der Vater von ihren Kindern gewesen. Seine fernere Bestrafung überließe sie dem Himmel. Der Dr. Meyer, sonst der schönste und blühendste Mann, kränkelt jetzt elend dem Tode zu. – Adieu, Bärbelchen. Fühlst Du nun, wie es einem zu Mute ist, wenn die letzte Seite des Briefes leer bleibt? Bessere Dich.

Dein Charles

Nr. 10 erhalten Samstag d. 8. März.

Berlin, Montag, d. 10. März 1828

Deine letzten Briefe, gute Seele, sind so gar lieb, daß ich Dir untreu geworden bin und über das Bärbelchen von jetzt das Bärbelchen von sonst vergessen habe. Die Übel, die Du hattest, haben mich nicht betrübt, Deine schnelle Genesung hat mich nicht lächeln gemacht, weder über das eine noch über das andre erstaunte ich – ich fand das alles so natürlich. Die Menschen haben immer auf gleiche Weise geliebt und gehaßt, und nur in gleichgültigen Dingen haben sie sich unterschieden. Es war mir klar bewußt, mein vieles und mein warmes Reden von der M.S. würde Dich unruhig machen, aber ich dachte: es ist nicht zu vermeiden und es wird vorübergehen. Einem Schlimmern als ich bin, hätte ein böser Dämon zugeflüstert: Wie! nicht zu vermeiden wäre es gewesen? Hättest Du nicht schweigen können? – mir wagte er nicht so etwas zu sagen. Doch hast Du freilich meine Bekenntnisse etwas mehr mißdeutet, als zu entschuldigen ist. Du hast vergessen, worüber ich mit Dir so oft gesprochen, daß ich seit einiger Zeit eine große Leidenschaft zur Menschenjagd gewonnen habe, daß ich begierig nach ihnen suche wie nach Gemälden, nach Bildwerken. Mein Geist und mein Herz haben vierzig Jahre Gedanken und Empfindungen gesammelt, aber das sind Landschaften, unbelebt, die Figuren mangeln, und ich muß diese auch hineinzubringen suchen, wozu mir meine Reise Gelegenheit geben wird, und wozu ich diese auch eigentlich unternommen. Nun tritt mir in der M.S. ein so höchst künstlerischer Stoff, ein so merkwürdiger ausgesprochener Charakter entgegen. Ich sammele ihre Züge, und wie könnte ich sie zur einstigen Gestaltung anders befestigen, als indem ich Dir von ihr schreibe. Es ist Liebe zur Kunst, Bärbelchen, nichts als Liebe zur Kunst. Was sie überdies für mich so anziehend macht, sind ihre Tugenden, die sie mit Dir, und ihre Fehler, die sie mit mir gemein hat. Nie ist mir ein so unverschlossenes Frauenzimmer, ja kaum ein Mann solcher Offenheit vorgekommen. Was sie nicht sagt, blickt sie, was sie nicht blickt, seufzt sie, und was sie weder sagt, noch blickt, noch seufzt, das ist gewiß nicht in ihr. Ich glaube, sie könnte eine Liebe, die sie hegte, nicht eine Stunde verschweigen. Sie hat gewiß viele Feinde unter den Weibern, denn da diese alle die nämlichen Geheimnisse haben, so verrät jede Unbesonnene, die ihre eigenen Geheimnisse bekennt, zugleich die ihrer Schwestern. Die M.S. teilt jeden Eindruck, den sie empfangen, augenblicklich mit. Sie macht sich, wenn sie aus einer Gesellschaft kommt, über alle Personen lustig, die ihr mißfallen, und da sie Witz hat, muß sie sehr beleidigen, wenn ihre Äußerungen bekannt werden, wie dieses unvermeidlich ist. Ihre Schwester Julie ist ebenso. Ich habe bei diesem und jenem angeklopft, um zu hören, was man von ihnen hält. Ich habe sie noch nicht loben hören. Wenn es geschah, vielleicht aus Rücksicht für mich, weil ich mein Wohlgefallen an ihnen aussprach, geschah es doch mit Einschränkung, mit Achselzucken – »man müsse sich über manches hinaussetzen«, hieß es. Aber gestern hörte ich zum ersten Mal ohne Rückhalt und leidenschaftlich gegen die M.S. eifern, und zwar von Robert und seiner Frau. Nun steht zwar dieses Paar in keinem großen Ansehen bei mir, indessen möchten doch die Tatsachen, die gegen die S. vorgekommen, alle wahr sein, nur, daß Gutgesinnte wie ich sie müder auslegen möchten. Ich will soviel wie möglich mit Roberts und seiner Frau eigenen Worten erzählen, was ich gehört. »Die Heyse, nun, die lasse ich hingehen; aber mit der Mariane bleiben Sie mir nur weg. Das ist eine ewige Lüge, sie hat immer sich und andere belogen. Ich kenne sie von ihrem 9ten Jahre an. Sie ist immer eine Närrin gewesen. Bald hatte sie eine Tasse (!), bald etwas anderes, in das sie verliebt gewesen. Sie ist eine Anempfindlerin. Von Marialva hat sie geglaubt, er würde sie heiraten, ein dummer fader Mensch, der in Wien zwanzig Freudenmädchen die Ehe versprochen. Sie wurde katholisch. Jetzt redet sie sich ein, sie wäre katholisch. Sie ist eine Proselytenmacherin (96), zieht junge Leute an, die sie bekehrt, wenigstens für den Katholizismus empfänglich macht. Neulich bei Mendelssohn hat sie kein Fleisch gegessen, weil Fasttag war. Mit der (Mademoiselle) Mendelssohn hält sie Konventikel, und dieser nehme ich‹s noch mehr übel als der Saaling. Die Saaling hat keinen Verstand, aber die Mendelssohn hat einen tiefsinnigen philosophischen Geist. Und sie ist doch auch nur katholisch geworden, weil sie sonst Sebastian, nicht ins Haus genommen hätte ... Sie spricht immer von ihrem Wohltun, von ihren Krankenbesuchen. So was muß man geheim halten. Es ist gerade, als wollte man auf der Straße laut ausrufen: ich bin verliebt, ich bin verliebt! *Frau Robert:* Haben Sie neulich gehört, wie sie vom *räudigen Schaf* gesprochen? O ich hätte ihr mögen ... (dabei machte sie eine Bewegung mit dem Arme, die ausdrückte: ich hätte ihr mögen ins Gesicht schlagen). Ich wollte ihr sagen: so werden die Juden auch gesprochen haben, als Sie katholisch geworden sind – aber mein Mann hat mich zurückgehalten.« ... Soweit Roberts. Das *räudige Schaf ha*be ich selbst, mit angehört. Ich sprach nämlich vom katholischen Pfarrer Fell in Frankfurt, der protestantisch geworden, und fragte, ob sie sein Büchelchen gelesen? Sie antwortete: Nein. Ich muß gestehen, daß ich den Fell immer als einen ordentlichen Mann gekannt; aber – sie zuckte die Achseln – was liegt an einem räudigen Schafe? – Auch mit der Proselytenmacherei mag es seine Richtigkeit haben. Als ich einmal mit der Julie von der Demoiselle Mendelssohn sprach, und diese mir sagte, sie sei eine Proselytenmacherin, setzte sie hinzu: Aber ich bitte Sie, sagen Sie das meiner Schwester nicht wieder. Zu dieser Anklage muß ich noch hinzusetzen, daß die M.S. gern gefällt, daß sie, mit welchem Mann sie sich auch unterhalte, ihr Lächeln so bezaubernd als möglich zu machen sucht, was gewiß sehr unrecht ist. Sie sollte es mit mir nur allein so machen. Übrigens *kunstliebe* ich sie doch, trotz ihrer Fehler; Dich aber mein Bärbelchen *naturliebe* ich mit ganzer Seele. Darum werde nicht eifersüchtig, wenn ich oft von ihr spreche, und bedenke, daß es sehr verschieden ist, ob man etwas auf oder in dem Herzen habe, von dem man sich durch Mitteilung freizumachen sucht. Du bist viel edler als jene. Du weißt kaum etwas von Deinen herrlichen Eigenschaften, jene aber kennt die ihren und stellt sie hervor. Jean Pauls Witwe habe ich besucht. Als sie gleich bei meinem Eintreten mit mir von meiner herrlichen Rede auf Jean Paul, von meiner »Anhänglichkeit für den Geist« ihres Mannes zu reden anfing, glaubte ich, ihre Stimme wäre gerührt und ihre Augen schwämmen in Tränen. Bald aber gewahrte ich, daß ihre

Stimme schwankte von zu schnellem Laufen, und daß ihre glühenden Kohlenaugen immer naß sind. Eine solche Plapplies ist mir noch nicht vorgekommen. Als ich die hundert Millionen Worte berechnete, die diese Schwätzerin während einer 30jährigen Ehe ihrem Manne vorgeplaudert hat, kam mir Jean Pauls Tod gar nicht so unglücklich vor. Sie spricht lauter unnützes Zeug, verbrauchte Sentenzen aus dem vorigen Jahrhundert und aus dem »Titan« (97). Aber sie spricht von den 60 Bänden ihres Mannes herab, die ihr zum Piedestal dienen, mit großer Zuversicht. Sie hat eine aufgeworfene Nase und mag in ihrer Jugend eine muntere neckische Brünette gewesen sein. Mich ließ sie während einer halben Stunde gar nicht zu Worte kommen; keine zehn Worte gönnte sie mir. Ich war recht froh, als ich die Schwätzerin hinter mir hatte.

Es hat mir jemand anvertraut, die hiesige Regierung wolle eine *offizielle Theaterzeitung stiften,* um dem irregeführten Geschmacke des Publikums eine bessere Richtung zu geben, und man denke an mich als Redakteur. Ich habe den jemand ausgelacht und gesagt, ich sei gar nicht der Mann zu so etwas, und er möge das nur in meinem Namen erklären. Ist das nicht närrisch – eine ministerielle Theaterkritik?

Ein Auftrag an *Dr. Reis.* Der Professor *Casper* (98) hier ließe den Dr. *Mappes* (99) in Frankfurt dringend bitten, ihm doch die fortgesetzte Anzeige des *Sieboldschen Journals* (100) so bald als möglich zu schicken. Wenn er aber nicht könne oder möge, [solle er] es ihn doch gleich wissen lassen, damit er diese Arbeit, einem andern übertrage. Bitte, diesen Auftrag ja gleich zu besorgen.

Nach Frankfurt möchte ich nicht gern kommen. Ich male nur das so schön aus, wenn wir uns in der schönsten Frühlingszeit am Rhein wiedersähen, und den Rhein zum Aufenthalt zu wählen, würde doch wegen Ems das Schönste sein. Und Sie gingen voraus und richteten alles ein und empfingen Ihren ehemaligen Sklaven und zukünftigen Gebieter. Godesberg wäre am besten. Aber mit wem sollen Sie reisen? Müssen Sie ein Frauenzimmer mitnehmen? Mit meiner Reise nach

Hamburg muß ich auf jeden Fall warten, bis die Jahreszeit gelinder wird. Denn Hamburger haben mir gesagt, es bleibe dort lange kalt. Spätestens werde ich den 15. April von hier abreisen. Dann rechne ich vier Wochen für Hamburg, Braunschweig, Hannover, Göttingen, Kassel. Über Gießen, Wetzlar und Ems (wo ich mir einstweilen Logis bestelle) an den Rhein. ... [Im Original unleserlich gemacht], denn ich fürchte die Ansteckung. Am 15. Mai wäre ich bei Dir. Empfehlungen nach Hamburg werde ich vollauf bekommen. Von Kopenhagen stehe ich ab, weil man mir sagte, daß vor dem Juni diese Seereise nicht angenehm wäre. Ich werde in Cuxhaven, 15 Meilen von Hamburg, die See erblicken. Wenn mir Zeit übrigbleibt, gehe ich auch nach Lübeck und Bremen. Die Wege von hier nach Hamburg sind uninteressant und schlecht. Keine Chaussee. Ich weiß noch nicht, wie ich hinkomme. Wahrscheinlich mit dem Postwagen und nachts liegenbleiben. – Diesen anliegenden Brief an Dr. Stiebel habe ich offengelassen, weil Sie doch die Neugierde geplagt hätte, ihn zu lesen. Versiegeln Sie ihn, und, wenn die Oblate trocken geworden, besorgen Sie ihn in Stiebels Haus. Sollte er Ihnen die Antwort nicht gleich den andern Tag schicken, lassen Sie ihn doch durch Ochs daran erinnern. Es wäre doch schön, wenn ich mit geheilten Ohren zurückkehrte.

Die Türe an meinem Schlafzimmer hat ein Held, der Dir gleicht, machen lassen. Zwei Schlösser und drei Riegel, so daß die Tür nach außen einmal und nach innen fünfmal verschlossen werden kann. Außerdem ist inwendig eine Art Glockenspiel angebracht, das ertönt, sobald jemand die Tür öffnet. Eine für mich sehr wohltätige Einrichtung; denn da man durch das Schlafzimmer geht, um in meine Wohnstube zu kommen, so würde ich ohne den Glockenschlag nicht hören, wenn jemand kommt, und es würde mir leicht etwas gestohlen werden. Man hat sich hier sehr vor Dieben zu hüten, und die Leute verwahren sich auf eine auffallende Weise. In angesehenen Häusern klingelt man dem Bedienten, und dann öffnet er mit einem Schlüssel das Zimmer, worin die Herrschaft ist, so daß diese immer eingeschlossen bleibt und nur von innen aufmachen kann. Nun denke Dir, wie süß mir der liebe Glockenschlag tönt, wenn er mir den Briefträger meldet, dessen Viertelstunde ich fast berechnen kann. So gut verwahrt ist mir noch nichts gestohlen worden als ... errate was? Es ist eine Million wert. Doch hoffe ich, es bei Dir wiederzufinden.

Gestern war ich bei einem Buchhändler Schlesinger eingeladen, dem Vater desjenigen, der in Paris eine Musikhandlung hat. Ein einäugiger, ekelhafter Kerl, und ich schlug die Einladung ab. Nun hörte ich heute, Hegel, Spontini und andere interessante Leute hätten da gegessen. Da tat es mir leid. Ich werde keine Einladung mehr abweisen; die Menschen der verschiedensten Art sind hier so vermischt, daß man sie oft an Orten findet, wo man sie nicht erwartet. Ich werde diese Woche irgendwo bei Tische den Fouqué finden, der mich höchlich interessiert. – Hier besteht eine Sonntagsgesellschaft von Gelehrten, die sich »*der* Sonntagsgesellschaft« (101) nennt und druckt, um merklich zu machen, daß sie am Sonntag, nicht aber der Sängerin Sontag wegen zusammenkomme, welches man vielleicht glauben könnte, wenn sie sich sprachrichtig *die* Sonntagsgesellschaft nennte. Welche Pedanterie! – Bitten Sie den Reinganum, er möchte sich doch einmal auf dem Stadtgericht vertraulich erkundigen, was sie wegen meines Prozesses beschlossen. – Die Julie Saaling hat sich in aller Schnelligkeit meine »Wage«, »Zeitschwingen«, die sie in Frankfurt zurückgelassen, verschrieben. Mütterchen, konserviere Dich so gut, wie meine alte Wage. Der wird hier noch die Cour gemacht, als wäre sie ein junges Mädchen. Die alte Schachtel hat Glück. Ich war unterdessen bei Hitzig gewesen. Er sprach mit mir von der Sammlung meiner Schriften, aber auf Subskribentensammeln kam er nicht zurück, und ich fand es nicht passend, davon zu sprechen. Die Werke hier drucken zu lassen, davon rät mir hier jeder selbst ab, wegen der Zensur. Ich habe also jetzt nur noch in Hamburg zu versuchen, ob mir ein Buchhändler mehr als Cotta dafür bietet. (102) Wie traurig ist es doch, wenn Leute von Stande und anscheinend behaglicher Lage im stillen Mangel leiden und Unterstützung so wenig fordern dürfen, als man sie ihnen schicklicherweise anbieten darf. In dieser Lage befindet sich die Staatsrätin Uhden, eine wackere Frau, von der ich Ihnen schon geschrieben habe. Ihr Mann hat ein paar tausend Taler Gehalt, aber das reicht nicht aus, und sie müssen sich so einschränken, daß sie keinem ein Glas Wasser anbieten können. Was sie nämlich in so große Verlegenheit setzt, sind die großen Ausgaben, welche ihr die schon jahrelang dauernde Krankheit einer Tochter verursachen. Ein elendes verwachsenes Geschöpf, das immerfort Krämpfe hat, und wenn die Krämpfe periodisch aufhören, tritt der schrecklichste Wahnsinn ein, der dann wieder den Krämpfen Platz macht. So wechseln diese beiden Übel miteinander. Die Uhden hat dieses Mädchen, obzwar nur ihre Stieftochter, leidenschaftlich lieb. Wie traurig ist es nun zu hören, wenn die Uhden ihren vertrauten Freunden klagt, wie viele Kosten ihr dieses Mädchen, das nicht zu heilen ist und nicht sterben kann, oft in einer Nacht verursacht! So viel für einen Wagen, den Arzt zu holen, so viel für Blutigel, so Viel für ein Bad. Oft zehn Taler in einer Nacht. Da haben es doch wahrlich entschieden arme Leute, die sich im Spital behandeln lassen, weit besser.

Haben Sie nicht gehört, ob meine Mutter bald wieder nach Frankfurt kommt? – Was macht Pfarrer Kirchner? (103) Hier sagt jedermann Lieber, besonders die Damen. Ich heiße *lieber Börne, lieber Doktor Börne,* und wenn man sich trifft gibt man sich die Hand. Das Handküssen ist seit 20 Jahren sehr aus der Mode gekommen. Sie vergessen doch nicht, vom lieben Börne alles zu grüßen? – Fragen Sie doch auch den Dr. Reis um seine Meinung wegen der Russischen Bäder. – Dienstag d. 11. März. Erhalten Nr. 11

So lang, so lang, hab'i mei Schatz nit gesehe!

Berlin, Donnerstag, d. 13. März 1828

Was habe ich Dir getan, Jeanette, daß Du mir heute nicht geschrieben? Der süße Klang meiner Türglocke brachte mir keinen Brief. Ich habe einen Festtag verloren. Der Puls meines Lebens ging bis jetzt so regelmäßig, was hat ihn in Unordnung gebracht? Ich glaube, meine Sünden sind schuld daran. Ach, liebe Mutter, ich habe mich schlecht aufgeführt, ich wage es Dir kaum zu gestehen. Erstens habe ich mir gestern mit der Pfeife ein großes Loch in den Schlafrock gebrannt, aber ein ganz großes, grade in der Bordüre, durch und durch, man kann eine Hand durchstecken. Zweitens kannst Du mir vergeben? Ich habe mir 6 Halstücher stehlen lassen. Das hat kein anderer getan als mein Spitzbube von Bedienten, dem ich unbewacht den Schlüssel zu meiner Kommode anvertraute, die im Nebenzimmer steht. Ich will von nun an vorsichtiger sein. Aber mir darum nicht zu schreiben, die Strafe ist zu grausam!

Ich hatte mir in mein Taschenbuch den Geburtstag der Marie Kramm (104), den 13. März notiert, ich wollte ihr an dem Tage eine Aufmerksamkeit bezeugen, aber mein Porträt hat das schon abgemacht. Nun fand ich heute in einem hiesigen Blatte ein Gedichtchen an eine Louise, an ihrem Geburtstage d. 13. März. Da es auch für eine Marie paßt, habe ich es ausgeschrieben und hier beigelegt. Geben Sie es ihr und sagen Sie, ich hätte das Gedicht für sie gemacht.

Heute habe ich des Bildhauers Rauch Monument für die Königin Louise (105) gesehen, wohin seit einigen Wochen ganz Berlin strömt. Rauch hat zehn Jahre ganz im geheimen daran gearbeitet. Als er es kürzlich fertig hatte, ließ er den König kommen und zeigte es ihm. Dieser war so bewegt, daß er ohne dem Künstler ein Wort zu sagen, wieder fortging. Man bewundert dieses Bildwerk. Der Kopf der Königin soll sehr ähnlich sein, und diese Königin wird als eine Heilige verehrt, weil sie gestorben an den Leiden ihrer Zeit, für eine bessere also. Aber mir mißfiel es sehr. Die Königin liegt auf einem Ruhebette ausgestreckt. Schläft sie, oder ist sie tot?

Man weiß es nicht, und dieser Zweifel in dem wunderschönen Kopfe ist vortrefflich ausgedrückt. Aber die Lage des übrigen Teils des Körpers ist nicht gut. Die Beine so unedel übereinandergelegt, die Draperie so kokett, so ballettänzerartig, und das Ganze überhaupt so weich wie Butter. Am meisten amüsierte mich das Geschnatter der umstehenden Zuschauerinnen, besonders der Alten, die gleichzeitig mit der Königin Louise jung gewesen.

Ich komme aus einem Konzert, das eine Sängerin im Saale des Schauspielhauses gegeben. Der Saal ist zauberisch schön. Eine höchst sinnige Vereinigung von Pracht und Zierlichkeit und von Reichtum und Geschmack. Weißer Marmor und Gold und Grün und Rot und Säulen und die Galerie, Nebenzimmer, in Nischen die Büsten aller dramatischen Dichter und Tonkünstler und Schauspieler, die sich berühmt gemacht, es ist alles wundervoll, und ich habe noch auf keinem Theater einen gemalten Dekorations-Saal gesehen, der so malerisch gewesen als dieser wirkliche ist. Er mußte mich auch entschädigen für das langweilige Konzert, wohin mich Mad. Mendelssohn geführt hatte. Da hätten Sie auf drei nebeneinanderstehenden Stühlen drei große Männer ihrer Zeit sehen können: den Komponisten Meyer-Beer, Spontini, und den deutschen Fielding (106), den berühmten Dr. Börne, dem heute außer 6 Halstüchern auch noch ein Paar schwarze Beinkleider und eine Weste gestohlen worden ... das Geheimnis ist heraus, die Brust ist frei. O zürne nicht, himmlisches Herz, ich will es nicht mehr tun, nie mehr. – Lindenau wird Sonntag abend von hier abreisen und Mittwoch abend in Frankfurt sein. Ich werde ihm keinen Brief mitgeben, aber die versprochenen Sonette Deines Hans an Mad. Robert. Nicht wahr, ich habe Dir Deinen Hans versalzen? – *Freitag d. 14. März.* – Ach der schöne dicke Brief! Du wirst aber schlecht dafür belohnt werden. Mein heutiger wird kurz werden. Ich war gestern so verstimmt, daß ich keine Lust hatte zum Schreiben, und heute habe ich keine Zeit. O du stolze Patriotin! Frage Deine Mutter, frage Dich selbst, was Birmanen ist. Und wenn Du‹s weißt, woher weißt Du es? Von mir.

Du hast Füße unterm Tische der Gelehrsamkeit. Warum hast Du denn das Dampfschiff nicht auch von innen gesehen? Hättest Du denn jetzt Mut, Dich hineinzusetzen? Ich las heute in der Berliner Zeitung: Das Frankfurter Dampfschiff sei inwendig nicht so elegant als die andern. Sei nicht bös Bärbelchen, daß dieser Brief so kurz. Der nächste soll um so größer werden.

Empfangen Nr. 12. Dein Charles

Berlin, Sonntag, d. 16. März 1828

Ich mag doch den Lindenau nicht ziehen lassen, ohne ihm einige Zeilen mitzugeben. Ich tue es ungern, darin bin ich ängstlich, der Post traue ich mehr. Tausend und tausend Grüße. Für die Kürze des letzten Briefes gebe ich Entschädigung. Ich lege die Sonette des Heine an Robert bei. Welch‹ ein Hans! Lassen Sie sich von Lindenau erzählen, was er von nur weiß, er weiß aber nicht viel. Sollte er diesen Vormittag noch zu mir kommen, zeige ich ihm das große neue merkwürdige Loch in meinem Schlafrock, damit er Ihnen eine Beschreibung davon mache. Adieu. B.

Berlin, Montag, d. 17 März 1828

Was hast Du mir für einen vernünftigen Brief geschrieben! *Voll Sie‹s* und Verdrießlichkeiten. Er ist zum Einschläfern vernünftig. Und ich war durch die Erwähnung des Reinganums-Prozesses grade in die rechte Stimmung gegen die ... [im Original 2 Worte unleserlich gemacht] gekommen... [5 Zeilen unleserlich gemacht] Wenn ich Dich zum Nachdenken aufgefordert, so meinte ich gar nicht unsere Sache, die ich für ausgemacht ansah, sondern nur den Ort unseres vorläufigen Zusammenkommens, wo wir die Ausführung des Plans besprechen wollten. Hätte ich das Beraten des Zimmern (107) für zweckmäßig gefunden, hätte ich ihn bei meiner Herreise schon besucht, wo ich nahe an seinem Orte vorbei kam. Von Hamburg aus liegt es ganz ab, und es wäre eine eigene große Reise dahin. Reinganum hat es, ich weiß nicht ob mir oder Ihnen, selbst schon gesagt, daß Zimmern in der Sache nichts tun kann; denn wollte man es ja durchsetzen, daß Christen und Juden sich heiraten, müßte man im Weimarschen Bürger werden. Zimmern kann höchstens nützen, um für unsere Persönlichkeit zu haften, wenn wir etwa andere, sonst zum Heiraten erforderliche Förmlichkeiten nicht erfüllen könnten. Das können wir aber an jedem anderen Orte auch erreichen, wo Wir Bekannte haben. Die Herz ist sehr dagegen, daß Du eine Jüdin bleiben solltest. Sie sagt, das wäre ein gezwungenes Verhältnis, das gar nicht nütze; wenn Sie Ihrer Mutter das Heiraten verheimlichten, könnten Sie das Taufen auch verschweigen. Die einzige Schwierigkeit finde ich nur darin, daß wir die verschiedenen Bescheinigungen umgehen, die man gewöhnlich von seiner eigenen Regierung beibringen muß, wenn man im Ausland heiratet. Und diese zu umgehen, ist uns notwendig, weil sonst in Frankfurt die Sache nicht verschwiegen bliebe. Ich werde mich hier erkundigen, wie streng oder nachsichtig man in diesem Punkte im Preußischen sei, besonders wenn es eine mündige Dame betrifft, die 1783 geboren. Also ist es ausgemacht, daß Du mit der Auguste zusammen kommst? Nun, ich habe nichts dagegen, nur daß Du besonnen bleibst und Dich in keine unabänderlichen Verhältnisse einläßt. Aber am Rhein oder in dessen Nähe muß es sein. Wenn ich nur ungefähr wüßte, wie bald Du Dich mit der Guste ansiedeln wirst, daß ich meine Reise danach einrichte. Ich sehne mich sehr nach Dir, und ich werde, sobald Du Frankfurt verläßt, Dir folgen, und sollte ich auch die ganze Hamburger Reise darüber aufgeben. Aber, da fällt mir bei – Wird denn der Guste Sommeraufenthalt nicht bedingt werden durch ihre Eltern? Daß sie nämlich, um in deren Nähe zu bleiben, sich einen unangenehmen Aufenthalt wählt, etwa Darmstadt, Aschaffenburg?

Das wäre doch traurig! Doch auch in dieser Beziehung wäre der Rhein zu wählen, da man mit dem Dampfschiff jetzt in wenigen Stunden von Frankfurt hinkommen kann. Nach Deinem Briefe zu urteilen, hast Du Schmitt mit großer Gleichgültigkeit wiedergesehen. Ist das schön, gegen alte Freunde so zu erkalten? Nein, das ist nicht schön. Nicht einmal von seinem Gesundheitszustand hast Du mir ein Wort geschrieben. Wenn es dem Schmitt und der Auguste in Berlin gefallen, warum sind sie nicht hiergeblieben? Mir gefällt es hier ungemein gut, und ich bin überzeugt, daß es Dir auch gefallen würde. Man macht sich bei uns von den Berlinern eine falsche Vorstellung, man hält sie für übergebildete, glatte, herzlose, verschrobene Menschen. Dieses ist grade das Gegenteil. Sie sind die einfachsten, bescheidensten, herzlichsten Menschen, die nur je vorgekommen. Man findet bei uns, bei Mangel aller Bildung, viel mehr Ostentation (108), viel mehr Falschheit und Verschrobenheit als hier. Der Luxus ist weit geringer als in Frankfurt, und die Leute hier richten ihre Lebensart nach ihrem Vermögen ein, und sie werden von den Reichen darüber gelobt und geachtet. Wie viele habe ich hier schon ganz unbefangen von ihrer ökonomischen Lage sprechen hören, und wie sie dies und jenes unterlassen müssen aus Mangel an Geld. Für Gelehrte ist übrigens Berlin ein kleines Eldorado. Sie werden respektiert und gefüttert, sie können alle Tage zu Gaste gehen. Mit Paris ist nicht ausführbar, nicht für Schmitt, nicht für uns und nicht für uns zusammen. Für Schmitt nicht weil er durchaus die Scharlatanerie und das savoir vivre nicht hat, ohne welches man in Paris kein Glück macht. Für uns nicht, weil uns Geld fehlt. Für uns zusammen nicht, weil Paris, bei unserer aller häuslichem Sinne, bei seiner ungeheueren Größe und seiner Fremde für uns ein Dorf wäre, in dem wir, wie in einer Einsamkeit, einer auf des anderen Umgang angewiesen waren, so daß wir voneinander abhingen. In Berlin wäre dieses minder lästig, da jeder leichter seinen eigenen Kreis suchte. Doch ist unser Zusammenleben überall, und ob es rätlich sei, wohl zu bedenken. Gott weiß es, daß ich dabei auf mich gar keine Rücksicht nehme. Du wärest gern mit der Auguste zusammen, und was Deine Zufriedenheit vermehrt, vermehrt meine um doppelt soviel. Aber überlege, ob Dein allzugutes, allzuschwaches Herz Verbindungen solcher Art nicht, gefährlich machen, ob Du Dir nicht Sorgen zuziehst, die Du von Dir zu entfernen nie die Kraft hättest. Du wirst Schmitts Familienverhältnisse kennenlernen, erfahren, ob von ihnen mehr Freude als Leid zu erwarten. Dann prüfe Dich und beschließe, was Du willst.

Was Du mit meinem Gelde machst, ist mir recht. Frage Sachverständige und tue, was Du willst. Wem es anzuvertrauen, ist noch zu überlegen. Speier wäre unschicklich. Wer soll die Coupons besorgen? Aber ich begreife nicht, warum Du mit Deinem eigenen Gelde nicht ebenso verfahren willst. Deine Mutter braucht ja nicht zu wissen, daß Du es in Frankfurt zurückläßt. Du kannst ja sagen, Du hättest es mitgenommen. Es wäre ja auch nur für die erste Zeit, denn an dem Orte, wo wir künftig lebten, würden wir auch natürlich unser Geld placieren ... [Im Original unleserlich gemacht] überlege es mit Reinganum. – Jawohl will ich *Dachles* lernen; ich meine, zu heiraten wäre aller Dachles Anfang. Nach dem Schweren ist das Übrige leicht.

Ach, was ist mir so angst vor Deinem nächsten Briefe, wo ich meine Bescherung wegen des verbrannten Schlafrocks und der gestohlenen Sachen bekommen werde. Warum ich offenherziger Narr Dir auch alles sagen muß! Ist das Liebe! Ach, die Liebe! Was sagst Du dazu, daß ich von neuem verliebt bin? Mit der Mariane S. ist es nichts mehr. Bei mir heißt es nicht bloß: ein anderes Städtchen, ein anderes Mädchen, sondern sogar: ein anderes Stübchen, ein anderes Liebchen. Neulich – es war ein milder Frühlingsabend, und ich seufzte alte Seufzer – traf ich in einer großen Gesellschaft bei Herz ein Mädchen von edler Gestalt. Sie hatte eine römische Nase und spanische Augen. Sie sehen und lieben war so verbunden wie wir – nämlich unzertrennlich. Sie sprach so einfach, so herzlich, so freundlich. Und wer war die Holde? *Schillers* Tochter! (109) Ist das nicht romantisch? Aber der Teufel soll sie doch holen und die ganze deutsche Nation mit ihr! Schillers Tochter hat kein Geld! Schillers Tochter kam nach Berlin, um Hofdame bei einer Prinzessin zu werden! Schillers Tochter wurde nicht für würdig gehalten, Hofdame zu werden, und wurde abgewiesen! Schillers Tochter wollte eine Hofdame werden! Als 130 Jahre nach Corneilles Tod Voltaire erfuhr, daß eine Ur-ur-Nichte des Dichters in trauriger Lage lebe, ließ er das Mädchen kommen, veranstaltete eine neue Ausgabe von Corneilles Werken, schrieb Noten dazu und verschaffte dem Mädchen von dem französischen Volke eine jährliche Rente von 30 000 fr. und stattete sie aus und verheiratete sie an einen Edelmann! Das sind Hunde! In der nämlichen Gesellschaft lernte ich den Bildhauer Rauch kennen und dessen Tochter, mit der ich mich viel unterhielt. Um das Haar über den Ohren trug sie naiv eine schmale goldene Borde und hatte überhaupt viel phantastisches Zeug am Leibe. Ihre Schicksale sind auch phantastisch. Sie war einige Stunden verheiratet. Ein Maler hielt um ihre Hand an. Rauch, der viel bei Hofe gilt, verschaffte dem künftigen Schwiegersohn viele Arbeiten bei der königlichen Familie. An einem schönen Tage reisen Vater, Tochter und Bräutigam nach Dresden, um dort Hochzeit zu machen. Es kam die Nacht. Dann kam der Morgen. Da stutzte ganz früh der junge Ehemann in Rauchs Zimmer und warf ihm mit wütender Gebärde vor, er habe ihn betrogen mit der Tochter. Sie sei nicht mehr unschuldig. Darauf kam die Tochter dazu, aber gar nicht blaß, sondern im Gegenteil und sagte: Das sei nur ein Vorwand von dem Herrn, *sie* sei unschuldig, aber *er* sei es zuviel – Vater und Tochter reisen nach Berlin zurück. Der Hof entzieht dem Maler die Bestellungen, die Scheidung erfolgt, und die Madame einer Nacht läßt sich wieder Mademoiselle nennen. Ich erzählte Ihnen diese Geschichte mit ungemeiner Zartheit, aber mir wurde *sie* von Madame Robert erzählt, mit einer Genauigkeit, so malerisch – ein Mann hätte sie nicht so deutlich darstellen können. Das ist eine Frau! Bei der kann man die Anatomie der Verhältnisse studieren. Als sie herkam – ihr Ruf war ihr Kurier – haben sich die Damen gedreht und gewendet, ihr nicht zu nahe zu kommen. Aber sie hat es durchgesetzt bei den Männern, und sie kommt in die ersten, besten Gesellschaften. Ich bin überzeugt, und ganz Berlin ist es, daß ihre Aufführung besser ist als ihr Ruf. Sie ist ihrem Manne treu aus Indolenz. Sie suchte nichts, als ihre Schönheit allgemein anerkannt zu sehen, und hat dies erreicht. Aber eine so schmutzige Person im Hause ist mir noch nicht vorgekommen. Sie und der Mann, ein Paar Schweine sondergleichen. Sie hat keine Seele, und sie amüsiert mich nur, weil ich mich über sie lustig mache, ohne daß sie es merkt. Und so wie sie ist, macht sie doch Gedichte, besonders in schwäbischer Mundart, von ganz unbeschreiblicher Anmut und Feinheit. Ich war ganz erstaunt darüber. Was doch ein Mensch nicht alles vereinigen kann! – Eine Frau von Bardeleben habe ich kennengelernt, eine Dichterin. Sie hat Zähne wie ein Eber und fletschte sie auf eine furchtbare Weise, als sie mir erzählte, wie sie vor fünf Jahren mein Bild entzückt, nämlich das Houwaldsche. (110) Aus Freude, mich kennenzulernen, hätte sie mich beinahe aufgeknackt.

Mit Fouqué habe ich zu Mittag gegessen. Ein rotbackiger, dicker, guter, fünfzigjähriger preußischer Major mit grauem Schnurrbarte, ganz artig, ganz gewöhnlich. Vom Schimmel und von sonstigen Ritterpferden, die mehr Verstand haben als ein bürgerlicher Mensch, schwieg er zwar bei Tische, doch sprach er von den Kreuzzügen und meinte, das Dichten sollte zünftig sein, dann wäre es besser. Er ist auch ein Anbeter der Madame Robert. Was hat die für Tiere vor ihren leichten Wagen gespannt! Wenn ich nur begreifen könnte, warum diese Frau den Männern, besonders den betagten, so gut gefällt. Diese Woche erhielt ich eine Einladung zum Essen, wo auch Humboldt hinkam. Ich war schon anderswo versprochen. Das hat mich sehr geärgert. Humboldt soll ein äußerst liebenswürdiger Gesellschafter sein und in einem fort erzählen. Ich begegne ihm wohl noch. Felix Mendelssohn hat eine Ouvertüre zu Shakespeares Sommernachtstraum komponiert, die ganz vortrefflich sein soll. Nun hatten neulich die Eltern die große Freude, zu erfahren, daß diese Ouvertüre in Stockholm am Hofe mit vollem Orchester aufgeführt worden ist und so sehr gefallen hat, daß sie zweimal gespielt werden mußte.

Ich habe heute schon zwei artige Billetts von Damen bekommen, eines von der Mariane S. und das andere von Madame Mendelssohn. Hätte ich sie nur gestern gehabt, hätte ich sie dem Lindenau mitgegeben. Die M.S. hat unterdessen etwas in meinen Augen verloren, und was sie verloren, hat ihre Schwester Julie gewonnen. Aber es bleibe alles unter uns, sowohl Gutes als Böses. Die Mariane ist eitel, sehr eitel. Sie spricht von ihren Triumphen, von ihren wohltätigen Handlungen mit allzugroßer Unbefangenheit. Vielleicht spricht sie mehr davon, weil sie nichts verschweigen kann, als aus Prahlerei. Aber was ihren Charakter betrifft – rate einmal, mit wem ich sie vergleiche? Du wirst Dich wundern – sie ist der *weibliche Sichel*! (111) Nun, das ist so schlimm noch nicht; denn der Sichelsche Charakter bestand weniger in Fehlern als in einer gewissen Mischung von Tugenden und Fehlern. Aber ich fürchte, ich fürchte, ich werde noch einmal die gute Dame mit einer Person vergleichen müssen, der ähnlich zu sein nicht schön und nicht ehrenvoll ist. Ich fürchte, sie hat etwas von der – *Jettchen Sichel.* Aber natürlich, es ist hier nur von der ... [im Original unleserlich gemacht] Sichel, nicht von der ... [im Original unleserlich gemacht] die Rede. Es ist unglaublich! Sie ist so unterhaltend, witzig, so gebildet, viel gebildeter als ihre Schwester, und doch eine Närrin! Und noch vor acht Tagen habe ich den Robert, der mir dies sagte, ausgelacht! Aber lache Du mich nur nicht aus wegen meiner schlechten Menschenkenntnis. Ich habe es Dir vor meiner Abreise gesagt, daß ich die Leute schildern werde, wie sie mir erscheinen, und wenn sich meine Ansicht ändert, dieses ehrlich gestehen. Wahrhaftig, die Fanny Ochs hatte auch recht, als sie mich eitel nannte. Ich habe mich gestern auf einer Eitelkeit ertappt, die merkwürdig ist. Ich, der ich so selten im Briefschreiben bin, und dies wahrlich ebensosehr aus Blödigkeit als aus Trägheit und Unfreundlichkeit, und Prosa schreiben, das ich doch verstehe – ich ließ mich vom Teufel versuchen und überreiche der M.S. ein *Gedicht!* Ich dichten! Zu meiner

Beschämung und Buße will ich es Dir mitteilen. Ich muß Dir aber zuvor den poetischen Unsinn erklären. Die S. war nämlich auf Samstag abend irgendwo eingeladen, wo ich sonst auch hinkomme, aber, weil es ein Familienfest war, den Tag nicht gebeten wurde. Ich fragte sie, wie sie sich kleiden würde? Und sie sagte: in schwarzen Atlas mit goldenen Ketten u. dergl. Da fingiere ich nun folgendes. Aber werde nur nicht eifersüchtig, Bärbelchen! Du weißt, wir Dichter lügen ganz entsetzlich, ganz ungeheuer.

Ich fühle das Wehen der seidnen Nacht,
Seh' wie Mondlicht Deinen Nacken strahlen
Und Männerblicke schleichen leise sacht –
Ach dürft‹ ich hehlen, was sie stahlen!

Blumendüft‹ aus Deinen Augen quellen –
Dein Lächeln von Praxiteles (112) gemeißelt –
Dein Kosen gleichet Purpurwellen
Im Abendrot auf stillem See gekreiselt.

Ring an Ring und Reiz an Reiz umkränzen
Deine holde zauberische Gestalt;
Ich sehe Sterne durch Tränen glänzen –
Fern ist der Himmel, nahe die Gewalt.

Ich fühl‹ der goldnen Kette Zug
Und darf nicht folgen ihrem Ruf.
Ach, gab es Schmerzen nicht genug,
Daß Gott noch diesen Schmerz erschuf?

Es gelang mir nicht, doch konnt‹ ich‹s wagen!
Mächt‹ge Zauberin, es ist Dir gelungen;
Was sonst gefühlt, konnt‹ ich nur *sagen* –
Dies ist Dein Lied, Du hast Dich selbst besungen.

Das Gedicht wurde wohlgefällig aufgenommen und zu den übrigen gelegt, die sie von Schlegel (113), Goethe, dem König von Bayern und anderen besitzt. Das war eben die Eitelkeit, die mich verführte. Ach! Bärbelchen, was wirst Du an mir zu waschen haben, wenn ich wieder nach Hause komme. Ich stecke in Sünden über und über. Aber mein größtes Verbrechen bleibt doch der Diebstahl der Kleider und Wäsche. Darüber, fürchte ich, gibst Du mir keine Absolution.

Als ich heute zu einem jüdischen Tabakhändler kam, mir Tabak zu kaufen, und dieser durch einen gewissen Anlaß meinen Namen erfuhr, war der Mann ganz außer sich vor Freude, führte mich hinauf zu seinem Schwiegervater, zur Schwiegermutter, zur Frau, welche sämtlich meine sämtlichen Werke verehren. Die guten Leute regalierten (114) mich mit einer Pfeife und mit Bier. *Muhr* heißt er und wohnt auf der Königstraße. Fragen Sie Lindenau, ob er ihn kennt?

Adieu unvergleichliches Bärbelchen. Du bleibst doch das schönste Gedicht, und das Gott selbst für mich gemacht. Zwar kommen ungereimte Stellen darin vor; aber so genau muß man es mit dem lieben Gott, der so etwas nur in den Feierstunden zu seiner Erholung macht, nicht nehmen. Gruß an alle und besonders an Ihre Schwester Fanny. Aber der Fanny Ochs erzähle nichts von meiner Zerknirschung. Das würde sie gar zu stolz machen. Dein Charles

(Erhalten Nr. 13*) Dienstag d. 18ten.*

Berlin, d. 21. März 1828 (Freitag)

Als ich den Brief an Stiebel beilegte, fiel mir gar nicht ein, Du würdest, ehe Du ihn gelesen, einige Minuten in Angst schweben, ich wäre krank und melde dieses. Du hast *mich* daran erinnert, und ich habe lachen müssen, wenn ich mir lebhaft vorstellte, wie Du zwischen beiden Briefen schwanktest, welchen zuerst zu lesen. Du bist doch manchmal ein komisches Äffchen, liebes Bärbelchen. Aber ich schwöre Dir bei Deinem Affentum, daß ich das Bad *nicht* gebrauchen werde, auch wenn mir Stiebel es anraten sollte. Es eilt ja nicht, und ich werde ja hoffentlich noch länger taub bleiben. Aber bin ich nicht ein rechter Tor, daß ich, willens mich zu verheiraten, mein Gehör zu verbessern suche? Übrigens ist die Natur und Einrichtung des Bades anders, als ich sie mir vorgestellt, und ich hätte, wäre sie mir früher so bekannt gewesen, weniger bedenklich angefragt. Ich dachte nämlich, es wäre eine heftig geheizte Stube, und ich hatte Angst davor, weil schon ein gewöhnlich zu warmes Zimmer mir übel macht. Es ist aber nicht so. Es ist ein großer Saal voll Dämpfe, die durch Aufgießen von kaltem Wasser auf heiße Öfen hervorgebracht werden. Man legt sich nackt auf eine Bank und gerät augenblicklich in den stärksten Schweiß. Da man nun gleich transpiriert, gerät das Blut nicht in Unruhe wie in gewöhnlicher Stubenhitze. Ich glaube, Reis wird Ihnen eine andere Meinung von der Sache beibringen, wenn er deren Beschaffenheit erfährt. Doch bleibt es bei meinem heiligen Versprechen, ohne Deine Einwilligung nichts zu unternehmen. – Über die Tassen mit meinem Bilde bin ich recht erschrocken. Wenn nur der Bing den Verstand gehabt hat, die Unterschrift wegzulassen, und auch, den Staatsmann. Wie häßlich würde sich das ausnehmen! Kommen denn die Tassen bald an? Sollte dieses der Fall sein, und sollten sowohl die Tassen als die Bildnisse schön sein, dann bitte ich Dich, mir doch zwei hierherzuschicken, durch den Eilwagen. Jedoch nur, wenn sie Anfang April hier sein könnten. Ich würde einigen Freundinnen damit ein sehr willkommenes Geschenk machen. Der Bing würde sie gehörig verpacken und Lindemann die Versendung auf dem Eilwagen besorgen. Ich möchte auch gar zu gern ein Paar von meinen Portraits hier haben, aber *ohne Unterschrift.* Wenn Oppenheimer gute Abdrücke davon hat, schicke mir doch zwei davon her für meine Kebsfreundinnen.

Meinen Reiseplan nach Hamburg habe ich große Lust aufzugeben und gegen einen andern zu vertauschen. Das Wetter ist schlecht, wie gewöhnlich und überall im März und April, der Weg nach Hamburg eine Wüste ohne Chaussee. Ich würde mit einem Hauderer (115) sechs Tage brauchen. Die Witterung in Hamburg soll erst spät angenehm werden, und alle Welt fragt mich, was machen Sie in Hamburg? Ich will dem Frühling lieber entgegenreisen, als mich von ihm entfernen. Darum bin ich willens, von hier nach Dresden und von dort südlich nach Nürnberg, Bayreuth, Bamberg, Würzburg zu reisen, Gegenden, die ich noch nicht gesehen und die sehr interessant sind. Stimmst Du damit ein?

Es ist aber mit Dir auch gar nichts zu machen. Ich dachte, wenn ich Dir erzählte, daß mir andere Leute auch gefielen, das würde Dich eifersüchtig machen; ich dachte, wenn ich Dir erzählte, daß ich anderen Leuten gefiele, das würde Dich stolz machen. Aber Du bist weder eifersüchtig noch stolz geworden. Du bist Deiner Sache gar zu gewiß, und das macht mich stolz. Du hast aber auch recht. Jetzt, nach so manchen interessanten weiblichen Bekanntschaften, jetzt erst habe ich Dich gewählt. Du bist die Unvergleichlichste, die Liebenswürdigste, die Beste Deines Geschlechts. Was bin ich so glücklich, daß Du mir geworden, was so glücklich, daß mir keine andere geworden!

Willst Du Dir im Ernste Bronze-Schmuck kaufen? Du wirst doch meinen Stand nicht so herabsetzen wollen? – Ich fange an und werde ein Narr und sehe die hiesigen Merkwürdigkeiten, Museen, Dioramen (116), Gemälde. Es macht mir schreckliche Langeweile. – Ich schicke Dir das Verzeichnis meiner Schulden. Fordere die Rechnungen (nur von Sauerländer nicht) und bezahle sie mit dem Gelde, das Du hast. Wenn es nicht reicht, laß Dir von Samuel geben. Schreibe mir dann genau, wieviel Du ausbezahlt. – Ich habe heute weder Stoff noch Zeit, das Papier auszufüllen. Begnüge Dich damit und mit dem Herzen Deines treuen Charles, geb. Jeanette.

(Nr. 14 erhalten.)

Berlin, Montag, d. 24. März 1828

Liebes Bärbelchen, lieber Engel, Satan, ist denn Dein bißchen Verstand auch weg, seit ich fort bin? Ich glaube es fast. Wer macht denn so ein Mordspektakel um ein Paar Beinkleider, oder, wie Mad. Robert sich richtiger ausdrückt, um ein Paar Hosen? Schämst Du Dich denn gar nicht? Gefaßt war ich auf Knurren, auf Zank, auf Ohrfeigen, aber daß Du eine solche Tragödie daraus machen würdest, das hätte ich nie erwartet. Was ist‹s denn weiter? In Berlin ist das Stehlen üblich und jeder gibt genau acht. Ich gab nicht acht und wurde darum bestohlen. Es wird nicht mehr geschehen. Die Kleider hat wahrscheinlich der Barbier mitgenommen, als er durch mein Schlafzimmer ging, wo sie auf dem Sofa lagen, und er war noch so ehrlich, den Rock liegen zu lassen. Die Halstücher wird sich wohl mein Bedienter angeeignet haben, da ich ihm den Schlüssel zu meiner Kommode anvertraute. Aber man muß keinem Unrecht tun – ich hatte von 6 Halstüchern gesprochen, es waren aber 7, die der Mensch genommen. Den Barbier habe ich abgeschafft, weil er ohnedies nicht zur rechten Zeit kam. Den Bedienten habe ich beibehalten. Wozu ihn wegschicken und einen neuen nehmen? Damit dieser neue von vom anfange? Die Bedienten stehlen hier alle, und man muß ihnen auf die Finger sehen. Mein Bedienter ist nicht bloß bei Robert, sondern auch noch bei andern ordentlichen Leuten meiner Bekanntschaft im Dienste. Übrigens ist er nicht den ganzen Tag um mich, sondern er kommt nur morgens, meine Kleider zu reinigen. Wird denn in Frankfurt nie gestohlen? Die Saalings haben vor einigen Tagen von ihrer Schwester in Frankfurt die Nachricht erhalten, daß die mit einem Male sechs Domestiken weggeschickt, die sie alle bestohlen. Ein Hausknecht habe nächtlichen Spuk veranstaltet, um zu stehlen, und sie hätten darum mehrere Nächte Polizei bei sich versteckt gehabt. O Satan! Wozu Dein Lärmen? Wozu Dein Jammern? Aber gestehe nur, Du hast Furcht, der Schnurrbart murkst mich ab. Du bleibst das alte Bärbelchen, an Dir ist Hopfen und Malz verloren. Da brauche ich den Reinganum dazu, um zu wissen, daß ich, nicht klagen soll bei der Polizei! Geh in Dich Satan, bessere Dich, gefallener Engel! Deine Instruktion, wie ich mich nach den Verhältnissen meines Bedienten erkundigen soll, ist ein Muster von Polizeiklugheit. Du solltest Polizeikommissärin werden. – Wie bin ich begierig auf Deine nächsten Briefe, um zu erfahren, was Du mit Schmitt wegen des Zusammenkommens mit Guste verabredet hast. Wenn es nur bald geschieht, daß ich Dich bald wiedersähe. Ach, so lang, so lang! Es sind schon über sechs Wochen. Was werde ich aber Schläge von der Mama bekommen wegen der Hosen! Ich habe mir von der Herz 6 neue Halstücher kaufen lassen. Man hat hier große Magazine von fertiger Wäsche, wo man alles so gut und billig kauft, als ließe man es selbst machen. Überhaupt kann man hier alles haben wie in Frankfurt. Die Läden sind schöner und eleganter als bei uns. – Gestern habe ich endlich Humboldt kennengelernt. Er kam abends zu Mendelssohn. Er spricht unaufhörlich und sehr angenehm. Die ganze Gesellschaft, aus mehr als 30 Personen bestehend, Herren und Damen, bildeten einen Kreis um ihn und hörten ihm zu. Das scheint er gewohnt zu sein. Er fällt sehr strenge und scharfe Urteile. Besonders über den Schlegel in Bonn macht er sich unaufhörlich lustig, sowohl in Gesellschaften als in seinen Vorlesungen. Schlegel hat vor wenigen Tagen hier eine Broschüre (117) drucken lassen, worin er sich gar zu lang und breit gegen die kurze Anschuldigung seines Hanges zum Katholizismus, den neulich ein französisches Blatt enthielt, verteidigt. Das nahm Humboldt zum Thema einer halbstündigen Satire, die sehr ergötzlich war. Ich saß neben ihm, und er frug mich, wie sich Madame Wohl befinde? Ich sagte ihm: die ist jetzt in großer Trauer, weil ihrem Schatze ein Paar Hosen gestohlen worden. Ja, bemerkte er, das ist aber auch keine Kleinigkeit. Und darauf erzählte er mir eine Geschichte, wie ihm einst in Peru ein Paar Hosen gestohlen worden, von einem Nachkömmling des Ferdinand Cortez (118); wie er sich beim Könige von Spanien darüber beklagt und wie dieser ihn ausgelacht habe.

Von 9 bis 11 Uhr sprach er in einem fort, so daß schicklicherweise ein anderer gar nicht reden konnte. Es gefiel mir fast nicht.

Gestern abend ist Julie Saaling mit einem Sohne niedergekommen, mit einer Leichtigkeit, als hätte sie schon zehn Kinder gehabt. Sie hatte sich um einen Monat verrechnet, und wir hatten uns verabredet, den Abend zusammen ins Theater zu gehen.

Die Prinzessin Carl (119), Gemahlin des Sohns des Königs, ist vor einigen Tagen auch mit einem Prinzen niedergekommen. Das ist der mutmaßliche Thronerbe, weil der Kronprinz keine Kinder hat. Merkwürdig dabei ist (und darum schreibe ich es ihnen), daß die Prinzessin eine getaufte Jüdin zur Kinderfrau genommen. So weit ließ sich auch keine Frankfurter Kaufmannsfrau herab, eine getaufte Jüdin zur Wärterin zu nehmen!

Gestern sah ich eine neue Oper von Cherubini (120), »Abenceragen«. Sehr schöne Musik. Aber das Vergnügen wird einem verleidet durch die unendlichen Ballette. In den Zwischenakten begegnete ich dem Dr. Levitta aus Mainz, der wegen Geschäften auf 14 Tage hier ist. – Die jüngere Tochter Mendelssohns, ein schönes, munteres, gutes und sehr einfaches Mädchen, lernt schon seit ihrem elften Jahre Griechisch und liest die schwersten Klassiker. Sie wohnte dem Unterricht ihres Bruders Felix bei und bekam Lust zur Sache. Dieser Felix ist auch allseitig gebildet. Neulich führte er mich im Naturhistorischen Museum umher und erklärte mir alles so schön, wie es nur ein Professor könnte. Wenn hier die Leute wüßten, was ich für ein Ignorant bin! (121) Zum Glück ahnt das keiner. – Die Herz ist eine sonderbare Frau! Sie hat unglaublich wenig Geld und weiß doch durch eine kluge Ökonomie sich so einzurichten, daß sie viele Wohltaten üben und ihrem Hauswesen einen Schein von Behaglichkeit geben kann. Neulich hatte sie eine Soiree, wobei Gesandte, Minister, sogar eine Prinzessin waren. In Frankfurt hat man keine Vorstellung davon, wie eine Prinzessin zwei enge Treppen zu einer getauften Jüdin, die keine

1000 Gulden Einkommen hat, hinaufkriechen mag, um eine Tasse Tee und ein Stückchen Wurst zu verzehren! Zur Mariane Saaling kam neulich vormittags ein Herzog von Mecklenburg, blieb über eine Stunde da, und sie strickte dabei, als wäre es ein anderer. An der Herz habe ich einen merkwürdigen Charakterzug oder vielmehr Geisteszug wahrgenommen, den ich noch bei keinem anderen Menschen beobachtet. *Etwas Dummes begreift sie gar nicht!* Wenn einer etwas Dummes sagt oder tut, wenn auch zum Spaße, oder sie hört davon erzählen, fährt sie auf, als hätte sie eine Tarantel gestochen, und kommt ganz außer sich. Es gibt nichts Lächerlicheres und ist ein Beweis von großer Beschränktheit. Ach, was hält sich die gute Frau an die Vergangenheit geklammert! Sie will gar nicht von ihr lassen. Es ist ein Jammer anzusehen, und es ist, als sollte sie hingerichtet werden und sträubte sich, aufs Blutgerüst zu steigen. Da hat sie so eigene Wörter an sich, die sie sich selbst gemacht und die kein anderer versteht: *handlich, mutschlich, knutschlich* und Gott weiß, welche noch. Die haben ihr alle sehr gut angestanden, als sie noch rote Lippen hatte und süßes Lächeln; aber jetzt ist es gar zu komisch. Sie geht an keinem Spiegel vorbei, ohne hineinzusehen, und drückt einem die Hand und macht Augen und Mäulchen, daß einem angst und bange wird. Ach, Bärbelchen, Du würdest lachen, wenn Du mein sauer-süßes Gesicht bei der Herz sähest. Was geniert sie mich, was werde ich gestraft für meine Jugendsünden. Die schönsten Stunden, die ich bei anderen schöner zubringen könnte, muß ich bei meiner alten Freundin bleiben. Ich bin aber auch gar zu gutmütig. Komme ich nicht, und sie fragt: wo waren Sie gestern? und ich antworte: bei der Saaling –, sagt sie: ich bin doch auch ein Mensch. Neulich war ich maliziös, und als sie mir sagte: ich bin doch auch ein Mensch, erwiderte ich: das weiß ich schon *sehr lange.* Und das Schlimmste ist, daß ich keinen Schritt heimlich tun, kein Wort unverraten sprechen kann. Sie erzählen sich alles wieder, was ich bei jedem gesprochen. Ich erfahre immer am anderen Tag, wo ich den vorigen Tag gewesen. Das ist eine Art Eitelkeit. Ich kann keiner

Dame unter vier Augen etwas Galantes sagen, ohne daß sie es ausplaudert. Das ist erschrecklich. – Ich will Ihnen, weil ich doch nichts mehr zu schreiben habe, einige Billetts von Damen kopieren. Die verschiedenen Manieren zeigen sich darin.

1.

Die Abrede, die wir getroffen, lieber Freund, zu Rauch zu gehen, kann ich heute nicht erfüllen, wir bleiben ja noch zusammen – aber ich bin zwischen 6 u. 7 Uhr bei der Uhden – bitte kommen Sie dahin, dann gehen wir hinauf zur Levy. – Ihre H. *Herz.*

2.

Das Ungefähr ist mir ungünstig, wie ich sehe; ich will *Sie* lieber bitten. »Wenn Sie nichts Besseres vorhaben, so kommen Sie zu uns«, sagte ich, als wir das letzte Mal das Vergnügen Sie zu sehen hatten. Aber eine Woche ist vergangen, ohne daß der Fall sich ereignete. Sind Sie morgen Mittag nicht versagt, so bitte ich Sie, speisen Sie mit uns! Wenn Sie mir bis morgen um 10 Uhr nicht haben absagen lassen, so erwarte ich Sie. Ergebenste Fr. *Varnhagen.*

3.

Herr Passalaqua wird Mittwoch vormittag 1 Uhr seine ägyptische Sammlung einer Gesellschaft zeigen. Ich habe ihm gesagt, daß einige liebenswürdige Fremde sie zu sehen wünschten, u. er wird Sie mit großem Vergnügen daran teilnehmen lassen. Haben Sie also die Güte, lieber Herr Doktor, sich um die genannte Stunde in Monbijou einzufinden u. ihm zu sagen, daß ich mit ihm von Ihnen gesprochen. Befehlen Sie ferner über mich, und lassen Sie sich bald bei uns sehen. Ihre ergebene Dienerin *P. Mendelssohn-Bartholdy* (122)

4.

Als Beweis, daß ich nicht schreiben kann u. als Entschuldigung, daß ich es nicht tue, sende ich Ihnen, lieber Dr. Börne, beifolgende Erzählungen. Sie Ihrer Nachsicht und mich dieser empfehlen zu wollen, hieße der Eitelkeit mit Gewalt Tor und Türe zu öffnen; ich empfehle sie Ihrer Beurteilung und beuge mein Haupt in Demut. Lassen Sie mich bald, doch schriftlich, wissen, wie Sie damit *unzufrieden* sind.

Von *Mittwoch* weiß ich etwas, nämlich, daß nun mit der Abendgesellschaft nichts wird, weil – aber die Überraschung ist vielleicht dabei das Beste. Kommen Sie nächstens, damit wir verabreden, wann die Abendgesellschaft ohne Gesellschaft abgehalten werden soll. Gott mit Ihnen! *M.S.*

5.

An Frau Dr. Heyse

Ich habe die Ehre und den Jammer, Ihnen anzuzeigen, daß die Abenceragen (123) nicht heute gegeben werden, sondern erst Sonntag. Ich habe vor Schrecken über die Krankheit der Mad. Schulz Kopfschmerzen bekommen. Darf ich hoffen, daß Ihre Zusage auch für den Sonntag gelte?

Ich schicke Ihnen die neuesten noch nassen Erscheinungen der schönen Literatur. Unvergleichliche Julie, ich bin halb der Ihrige.

Börne

6.

Antwort auf Voriges

O ja! Sonntag ist auch ein Tag, und wir wollen ihn recht gern zum Theater verwenden. Ich fürchte, Ihre Kopfschmerzen sind schuld, daß die Schulz krank geworden. Bleiben Sie außerdem gesund, wir bleiben zu Hause (avis au lecteur), *Sie* sind ja klug.

Sie immer der *Schönste,* ich bin halb die Ihrige, das gibt ein schönes Ganzes. – *Julie H.*

Ach, was muß der liebe Börne nicht alles tun, sich den Schmerz der Trennung zu versüßen; aber bald hilft es nicht mehr, denn gar zu lang, gar zu lang hat er sein Schatz nit gesehe! Adieu Engel, und wenn Du Dich nicht gut aufführst, schicke ich Dir den Schnurrbart. B.

Erhalten Nr. 15.

Berlin, Mittwoch, d. 26. März 1828

Heute hätte ein Brief kommen sollen. Warum kam er nicht? Wenn das noch einmal geschieht, laß ich Dich vom Schnurrbart holen. Führ Dich gut auf, Du weißt, mit dem Schnurrbart ist nicht zu spaßen. Laß uns ein wenig plaudern. Ich sehe Deiner Bestimmung über die Dauer und über die fernere Richtung meiner Reise entgegen. Am 15. April will ich Berlin verlassen, und bis zum 15. Mai mit Dir zusammentreffen. Wirst Du denn bis dahin aus dem elenden Frankfurt weg sein? Jetzt fragt es sich, soll ich nach meinem ursprünglichen Plan nach Hamburg und zurück über Hannover, Kassel, oder soll ich nach Dresden, Nürnberg? Für das erstere ist mein Verstand, für das andere meine Neigung. Entscheide Du. Da ich einmal im Norden bin, sollte ich da bleiben und ihn kennenlernen. Aber das verdrießliche Klima, das schlechte Aprilwetter. In Dresden und südlicher gewiß fände ich schon den Frühling, der mich tröstete, bis ich mein Bärbelchen finde. Dort wäre ich Dir auch näher. In Nürnberg würde ich Dir einen schönen Husaren mit einem großen Schnurrbarte kaufen, mit dem könntest Du spielen und so Dich spielend gewöhnen an des Lebens heiligen Ernst, an die Berliner lebenden und stehlenden Schnurrbärte. Vor Deiner Abreise mußt Du aber meine Sachen einpacken lassen, ja ich meine, daß Du ohne Verzögerung das gleich tätest. [Du mußt zum Einpacken meiner Bücher einen Schiebkärcher (124) nehmen. Ein anderer versteht das nicht. Bei Worms auf dem Boden steht mein Bücherkästen. Der Deckel hat eine Spalte, darauf muß eine Leiste genagelt werden, daß der Regen nicht hineinkomme. Unten im Kasten und oben auf den Büchern muß Papier, Wachstuch u. dergl. gelegt werden, um sie gegen Nässe zu schützen. Gehen die Bücher nicht alle in den Kasten, legt man die übrigen in einen der Koffer. Ich habe noch 3 bei Worms stehen, 2 im Schlafzimmer und einen auf dem Boden. Was ich Brauchbares an Kleidungsstücken, Pfeifen, Kleinodien habe, wird auch eingepackt. Ich meine, Du ließest Deine Bücher mit den meinigen zusammentun. Wo sollen aber die Bücher und Möbel und sonstige Sachen stehenbleiben? Bei Worms, oder wäre es besser, für alle unsere Sachen ein Gewölbe zu mieten?] (Meine Manuskripte, das versteht sich, mußt Du mitnehmen.) Vergiß auch nicht, der Schnapper das Sofa, das sie nur geliehen, zurückzugeben.

Joseph Mendelssohn hat zwei Söhne. Der eine ist standesmäßig verheiratet und in seines Vaters Geschäft. Der andere hat ein ganz armes Christenmädchen geheiratet und hält sich jetzt mit seiner Frau, mit der er schon fünf Jahre sehr glücklich lebt, in Bonn auf, um dort seine Studien (als Naturforscher) fortzusetzen und einst Professor zu werden. Obzwar Mendelssohn einer der reichsten Kaufleute in Berlin ist, so war doch nie die Rede davon, sich einer solchen Verbindung zu widersetzen. Ihre einzige Sorge war, ob das Mädchen, das ihnen gar nicht bekannt war, brav sei. Sie war Gouvernante und hatte ihre Stelle der Empfehlung der Herz zu verdanken. Als nun der junge Mendelssohn seinen Eltern seine Neigung erklärte, erinnerten sich diese, daß die Herz bei Gelegenheit das Mädchen gelobt habe, und gaben augenblicklich ihre Einwilligung zur Verbindung. In Frankfurt denkt und handelt man anders!

Mein Geld reicht zwar noch aus für die Zeit meines hiesigen Aufenthalts, und noch auf länger; indessen da ich nicht berechnen kann, wo und wann ich welches brauchen werde, will ich mich damit versehen. Wolle mir darum eine Anweisung auf 120 Taler sogleich hierherschicken. Es wäre mir *nicht* lieb, wenn diese Anweisung auf eines der großen Bankierhäuser, die ich kenne, lautete. Lindenau wird [sie] wohl an ein anderes Haus zu verschaffen wissen! Samuel soll den Betrag ausbezahlen.

Fouqué ist ein wunderlicher Mann, und ganz so, wie ich ihn mir vorgestellt. Ich habe ihn immer geliebt und geachtet in seinen Schriften, obzwar ich diese selbst nicht liebte und gehörig verspottete. Man erkennt, daß es die Ergüsse einer gläubigen Seele sind. Es ist schön, aber doch fürchterlich, wenn ein Mensch so wahnwitzig selig in einer religiösen Idee lebt. Gestern besuchte ich ihn, und es dauerte nicht drei Minuten, so stand er, ohne daß ich den geringsten Anlaß dazu gegeben, mitten im Zauberkreise der alten Ritterzeit, sprach mit Wehmut von den Burgen, die gebrochen, von Kaiser, von Lehnsleuten, und ein König dürfe jedes »Ritterskind heiraten« und so mehr. Er empfing während ich bei ihm war ein Schreiben vom Prinzen Carl (Sohn des Königs), der ihm für ein Gedicht dankte, das er ihm kürzlich zur Niederkunft seiner Gemahlin geschickt. Die ehrfurchtsvolle, legitime Freude unseres Donquichottes hättest Du sehen sollen. Er las mir gerührt, aber doch mit einer Preußisch Majorischen-Wachtparaden-Donnerstimme den Brief vor. Dann deklamierte er das Gedicht und mehrere andere Gedichte. Ein schöner Ritter! Wenn er zwei Gläser Wein getrunken hat, wird er weich wie Butter und fängt zu weinen an wie ein Kind. Er steht unter dem Pantoffel seiner bösen und reichen Frau, die auch Schriftstellerin ist. Sie hat die guten Zimmer im Hause, und er muß durch unendlich lange Gänge, durch 2 Küchen, 2 Bedientenzimmer, mehrere Kammern reisen, um in sein dunkles Studierzimmer zu kommen, das nach dem Hofe geht.

Donnerstag, d. 27. März. Nein, es ist zu arg; nein, es ist gar zu arg! Hat man je gehört, daß eine Braut von Erziehung einen fremden Mann in ihrem Zimmer schlafen läßt! Ich möchte mir die Haare aus dem Kopfe reißen. Tu l‹as voulu Georges Dandin! (125) Aber warte nur. Wie man in den Wald hineinschallt, schallt es heraus. Was Du kannst, kann ich auch. Aber Gott behüte mich, daß ich Dich hierherkommen lasse, ich hätte wegen der vielen Gardeoffiziere keinen Augenblick Ruhe. Und nur zu Intrigen hast Du Verstand, in allem übrigen bist Du dumm. Begreifst Du denn gar nicht, wieso meine Abreise von der Deinigen abhängt? Warum soll ich denn länger wegbleiben, als nötig ist? Reist Du denn von Frankfurt fort, sobald ich es haben will? Hast Du nicht immer davon gesprochen, daß Du mit der Guste zusammen kommen willst? Was hast Du denn mit Schmitt darüber verabredet? Kannst Du mir zusagen, daß Du um die Mitte Mai am Rhein sein wirst, dann verlasse ich Mitte April Berlin und reise noch vier Wochen. Wirst Du aber Frankfurt später verlassen, dann bleibe ich länger hier. Hier bin ich einmal eingerichtet, habe viel Bekannte und [bin] wie zu Hause. Anderswo aber werde ich ohne Dich nicht lange Geduld haben. Ist es Dir denn nicht möglich, schon am 1. Mai am Rhein zu sein? Dann reise ich gar nicht weiter, sondern gehe von hier unmittelbar an den Ort der Verabredung. Geht das nicht in Deinen Kopf hinein? Ich will die Fragen beantwortet haben: soll es von mir abhängen, zu bestimmen, wo und wann wir zusammenkommen? Oder hängt das von Guste ab? U.A.w.g.

Verlaß Dich doch darauf, daß ich das Dampfbad nicht gebrauchen werde, was auch der Stiebel an Caspar geschrieben haben mag. – Ich meine doch, ich hätte Dir geschrieben, daß Du das Logis bei Worms Ende Februar aufgeben sollst (nämlich ohne die Schlafstube). Daß Du meinen Brief flüchtig gelesen, kostet mich 20 fl. jetzt muß der Monat März auch bezahlt werden, also statt 100 fl. (vom Oktober an gerechnet) 120 fl. Die 20 fl. kannst Du aus Deinem Beutel bezahlen, ich bezahle sie nicht. – Vergiß nicht die Tassen und mein Bild.

Der Humboldt ist an der Tagesordnung. Die großen Städte sind sich alle ähnlich. Die Mode beherrscht Geist und Herz. Keine der Hunderte von Damen, die Hs. Vorlesungen besuchen, würde um alles in der Welt nur eine Stunde versäumen, und dennoch sind vielleicht keine fünfzig darunter, welche die Sache selbst interessiert. Meine gute Herz besonders, die ohnedies nicht viel Kopf hat, faßt gar nichts, was dem 19. Jahrhundert sein Dasein verdankt, und doch, glaube ich, würde sie lieber ihre 64 Jahre eingestehen, als gestehen, daß ihr Hs. Vorlesungen keine Freude machen. Gestern war ich dabei, wie sie mit einem sehr reifen Fräulein von dem *Ursprung des Menschengeschlechts* sprach, und was Steffens und was Humboldt darüber meine. Die Herz war für Steffens, das Fräulein für Humboldt. Ich biß mir die Lippen zusammen. Es war eine Szene, der Bearbeitung eines Molières würdig. Gott weiß, für welche meiner Sünden ich immer unter alte Weiber gerate. Was denkst Du, wie alt die Mariane S. sei? Du bist ein Rotznäschen dagegen. 42 – sage zwei und vierzig – Jahre! Ihre Schwester Julie ist 40 Jahre alt und deren Mann 30. Es war gestern große Bestürzung bei ihnen. Das neugeborene Kind, das unreif zur Welt gekommen, war im Sterben und wird wahrscheinlich jetzt tot sein. Als die Heyse niedergekommen, legte sie ihre beiden Finger auf ihre zwei Augen, um pantomimisch zu fragen, ob das Kind *beide* Augen habe. Sie fürchtete, es möchte wie die Mutter nur eins bekommen.

Hat denn Reinganum nichts erfahren, wie es mit meinem Theater-Prozeß steht. Und wie geht es mit dem seinigen? – Deine 7 Oblaten haben mich heute wieder in Verzweiflung gebracht. Einige der nötigsten Worte konnte ich nicht lesen. – Über die Heiratsverhältnisse bekomme ich aus der besten Quelle, durch Vermittlung der Herz, Bescheid; nämlich von demjenigen Beamten im Ministerium, der allen geistlichen Angelegenheiten vorsteht. Ich werde auf meine schriftlichen Fragen schriftliche Antworten bekommen. Mein Bericht fing an: »Der Mann ist 40 Jahre alt, die Frau etwas mehr oder weniger etc.« – Adieu Rotznäschen. [Rotznäschen im Original gestrichen]

Charles

Nr. 16 erhalten.

Berlin, den 1. April (Dienstag) 1828

Liebes Bärbelchen, Du machst sehr dumme Streiche. Es ist auch sehr natürlich, denn ich habe Deinen Kopf mitgenommen, zum Unterpfande für mein Herz, das ich bei Dir zurückgelassen. Vorgestern habe ich keinen Brief gehabt und gestern auch nicht. Der Himmel wolle verhüten, daß er auch heute ausbleibe. Ich erinnerte mich erst spät, daß Du es mir vorhergesagt. Du hast mir etwas geschrieben von Briefe kreuzen, was Du vermeiden wolltest. Aber lieber Dummkopf, wie ist das möglich? Wollten wir immer jeder die Antwort auf den letzten Brief abwarten, können wir uns nur alle acht Tage schreiben. Weil Du nur durch Beispiele zu belehren bist, habe ich vorgestern und gestern auch nicht geschrieben. Das ist eine Zärtlichkeit! Das ist ein Wetteifern der Liebe! Ich habe ohnedies mit Dir zu zanken. Ich komme darauf zurück, daß ich es gar nicht verschmerzen kann, daß ich durch Deine heillose Nachlässigkeit um 20 fl. komme, die ich einen Monat unnötige Miete für meine Wohnung bezahlen muß. Sehe nur meine Briefe nach, und da wirst Du finden (wahrscheinlich in Nr. 10), daß ich Dir geschrieben, Du sollst mit Ende Februar das Logis aufkündigen. Nun, Du hast eine reiche Mutter, Du kannst es bezahlen.

– Meiner Schwester habe ich schon längst geantwortet. Über unsere Verhältnisse sagte ich kein Wort, sondern sprach bloß von ihrem Sohne und war überhaupt sehr kurz. – Sehe doch nach, liebe Mama, ob ich meine großen Schnürschuhe nicht in Frankfurt zurückgelassen? Sind sie da, dann stehen sie im Kleiderschrank auf dem Hausflur. Ich meine aber, ich hätte sie mitgenommen. Fort sind sie. – Berlin kann man mit Paris vergleichen; aber daß man es vergleichen kann, was einem bei einer kleineren Stadt, wie Frankfurt, gar nicht einfällt, das macht es eben so lächerlich. Wie ein Zwerg, der sich auf die Zehen stellt und doch dem Riesen neben ihm nicht bis an den Bauch geht, so nimmt sich Berlin neben Paris aus. Aber an Schauspielen fehlt es nicht. Alle Tage drei, zwei deutsche und ein französisches. Dann de Bachs Kunstreitergesellschaft, Jongleur, Diorama, Konzert und ein vortrefflicher Taschenspieler Bosco. Über diesen letztem habe ich mich neulich öffentlich blamiert. Beim Restaurateur allein an einem Tischchen sitzend, setzt sich ein Franzose mir gegenüber. Er schneidet sein Brötchen auf, und da fällt ein ganzer Teller voll Dukaten heraus. Er stellt sich verwundert, läßt sich vom Garcon ein anderes Brot geben, dann noch eins, und aus jedem fallen Dukaten. Ich war vor Erstaunen ganz außer mir und rief ganz laut den Kellner und schrie – aber mein Gott, was soll das bedeuten? Endlich aber, spät, fiel mir ein, daß ich es mit einem Taschenspieler zu tun hatte. Ist das nicht eine Schande und ein Spott für die ganze Nation? Solche Gaukler pflegen sich immer die größten Dummköpfe zu wählen, um ihre Kunststücke an ihnen zu zeigen.

Gestern abend wohnte ich im Schauspielhaus einem großen vollständigen Konzert bei, wo das Orchester aus 80 Trompeten bestand. Es war nämlich die Militärmusik. Das Piano war merkwürdig; wie aber die Damen das forte ertragen konnten, das begreife ich nicht. Zum Schluß sangen die Militärwaisenkinder ein God save the king, begleitet von allen diesen 80 Trompeten, das war, wie überhaupt das ganze Konzert, wunderschön. – Ich will Dir doch ein wenig von den Preisen der hiesigen Lebensmittel erzählen. Es ist teurer als in Frankfurt, doch höchstens um ein Viertel. Eine Wohnung wie wir sie brauchen würden (ohne Möbel), kostet jährlichen 380 fl., eine möblierte 100 fl. mehr. Butter, Kaffee und Zucker sind teurer als bei uns. Die übrigen Küchensachen von gleicher Wohlfeilheit. Die Gartenzucht ist hier in großem Flor. Es war noch harter Winter, als ich ankam, und ich hatte damals schon alle neuen Gemüse gegessen, Bohnen, Spargel, Erbsen und (erhaltene) Trauben, wie im Herbst. Wein die Flasche 12 Batzen, von gleicher Güte als in Frankfurt. Man hat auch wohlfeileren, der aber nicht trinkbar ist. Ich weiß den Preis des Holzes nicht, man braucht aber weniger für Heizung als bei uns, weil die Öfen so zweckmäßig eingerichtet sind, daß man den Tag über nur zweimal einzulegen braucht. Equipagen ein klein wenig wohlfeiler als bei uns. Die Mietwagen sind sehr elegant, und die Kutscher haben Livree. Theater: 1. Rang Logen 1 Taler. Frauenzimmer können aber auch Parterre gesperrte Sitze nehmen für 2/3 Taler. Konzerte 1 Tlr. Der Luxus im Damenputz ist nicht so groß als in Frankfurt. Zu Tee, etwas Fleisch und einer Flasche Wein kann man abends die beste Gesellschaft einladen. Wein ist schon vornehm, und guten Bekannten setzt man ihn nicht vor.

Himmlisches Bärbelchen, ich habe mich halb totgelacht über Deine Nr. 17, die ich soeben erhielt. Unvergleich[lich]e Frau Schmelzle, ich bin zehnfach der Ihrige. Der Börne, der halb der Julie, halb der Mariane gehört, das ist der rechte Börne nicht, das ist der falsche, heuchlerische, schmeichlerische –, der echte gehört ganz seinem Bärbelchen. Nicht einer Deiner Briefe ist mir gestohlen worden; so poetisch sind die Berliner Diebe nicht. Sei doch nur ohne Sorge wegen meiner Reise, ich werde alles aufs bequemste, sicherste und gesündeste einrichten. Ich kenne hier einen General; wenn ich den schön bitte, gibt er mir sein Regiment mit, bis über den Nürnberger Moorgrund hinaus. Aber wohin ich reisen soll! Ich schwanke wie ein Rohr hin und her. Wenn Du schon Ende April mit Guste zusammen kommst, habe ich zum Reisen keine Geduld. Hamburg und seine Gegend, und besonders Dresden ordentlich zu sehen, das kostet allein drei Wochen Zeit. Ich lasse vielleicht das alles sein und komme gleich zu Dir, jedoch auf jeden Fall einen anderen Weg, als den auf der Herreise einschlagend. Also schreibe mir so bald als möglich, wann Du weggehst und wohin? Ehe ich das [nicht] weiß, kann ich keinen Plan machen. Der Rhein wäre mir am liebsten, wegen Ems. Aber es müßte in der Nähe von Mainz oder Bonn sein, wegen des *Calderons* (126). Wie freue ich mich auf mein gutes Bärbelchen. Einige Tage laß ich Dich mit der Guste allein, um Dich mit ihr auszusprechen. Kommt sie denn nicht mit ihrer Mutter zusammen?

Bei meinen Abschiedsvisiten werde ich fahren, auch die Besuche nicht an einem Tage machen. Einpacken lasse ich von meinem Bedienten, werde ihm aber dabei auf die Finger sehen. – Wenn Du weggehst, darfst Du nicht vergessen, al[le]s von meinen Sachen mitzunehmen, was mir nötig sein dürfte. Erstens die Manuskripte, dann Sommerkleider (Überrock, Beinkleider), eine grüne Mütze etc. Ich überlasse das Deiner Beurteilung. Auch bleibt es Deine Entscheidung, ob meine Sachen in einem gemieteten Zimmer bei Worms bleiben sollen, oder ob Du ein Gewölbe dazu mieten willst. In jedem Fall mußt Du vor Deiner Abreise dafür sorgen, daß [Du] meine Bücher und sonstige Effekten, die ich nicht gleich brauche und die Du nicht mitnimmst, gehörig einpacken läßt, und zwar solcher Art, daß sie zu seiner Zeit versendet werden können. Was machst Du denn mit meinem Gelde? Und mit Deinem? Du hast mir darüber noch nichts geschrieben. Bedenke, was Du tust und laß Dir raten. – Empfehlungen von Schmitt nach Nürnberg, Hannover wären nur recht lieb. Tät er es gern? Ich müßte [sie] für beide Orte haben, weil ich noch nicht weiß, wohin ich gehe. Er mag dann auf einem offenen Papier mich mit wenigen Worten an seine Freunde empfehlen, deren Verzeichnis er darunter setze. Wenn ich auch keine der beabsichtigten Reisen mache, so gehe ich auf jeden Fall doch über Magdeburg, Kassel und von da entweder über Gießen und Koblenz oder über Köln an den Rhein. Wo Du auch hingehst, sorge nur für eine schöne Gegend, für die Nähe einer Stadt und für ein freundliches Stübchen für Deinen Carl. Über die Politik wollen wir mündlich sprechen. Mir ist darüber das Herz so voll, daß ich es in einem Briefe doch nicht entleeren kann. Es geht himmlisch zu, besonders in Portugal, und ich schwimme in Vergnügen. Das erste, was ich tue, wenn ich Dir wieder zur Seite bin, daß ich etwas über Berlin schreibe. Aber im Vertrauen, Dein faules Karlchen hat noch wenig gesehen, und ich muß das schnell noch alles abmachen. (127) Überhaupt habe ich jetzt die größte Lust, mich zu produzieren, da ich weiß, wie begierig in Berlin meine Sachen gelesen werden. Das spornt doch meine Eitelkeit mehr an, als der Beifall des Frankfurter Publikums es vermochte. Du sollst noch Freuden an mir erleben. Romane werden geschrieben, zehn Bände dick; Novellen die artigsten von der Welt; sehr geistreiche Schisserchen und andere schöne Sachen. Sorge nur, daß ich in unserer Sommerresidenz den Calderon bekomme, denn ohne den Calderon kann ich nichts machen. Aber ganz im Ernste, wenn ich nur ein Dutzend solcher Charaktere kennenlernte, wie ich hier erst einige kennengelernt, würde ich vielleicht noch einen Roman zustandebringen. Ich habe auch hier die Zeit nicht gehörig benutzt. Im ganzen kenne ich nur 10 bis 12 Häuser, und regelmäßig besuchen tue ich nur 5. Zwei Monate ist freilich eine kurze Zeit in einer so großen Stadt. Und wieviel war ich zu Hause. Eigentlich bin ich ein Stück Möbel; ich bleibe gern im Zimmer und rühre mich nicht. Bin ich ein schönes Stück Möbel? Der Nürnberger Moor-Grund geht mir im Kopfe herum, daß ich vor Angst nicht weiß, was ich schreibe, und der Schnurrbart sah heute absonderlich fürchterlich aus – wie Rinaldo Rinaldini. (128) [... im Original unleserlich gemacht]

Dein treuer Charles, Dein »lieber Börne«

Berlin, Karfreitag, d. 4. April 1828

Nun, das ist wieder ein süßer, himmlischer Bärbelchen-Brief. Zuerst das Nötigste. Über das Heiraten im Preußischen habe ich folgendes erfahren. Wenn man sich in Rheinpreußen oder sonst an einem kleinen Provinzialort des Landes trauen läßt, muß man an seinem Wohnort aufgeboten werden, also wir in Frankfurt, was also natürlich nicht gut angeht. Wenn man sich aber in einem Hauptort kopulieren (129) läßt, wie in Breslau, Berlin, an einem Orte nämlich, wo eine Ober-Regierung ihren Sitz hat, ist jener Umstand nicht nötig – unter der Voraussetzung nämlich, daß man sich erklärt, sich im Preußischen niederlassen zu wollen. Was unter letzterem zu verstehen sei, habe ich noch nicht erfahren, man wird mir das Weitere darüber berichten. Indessen ist dieser preußische Plan nur für den Notfall, wenn es anderswo ohne Umstände nicht gehen sollte. Vielleicht aber geht es leichter, als wir denken. Wo aber einen Ort finden, wo es keine Juden gibt? Empfehlungen an einen Pfarrer am Rhein werden nichts nützen, da im Lande alles nach den Gesetzen streng gehalten wird. Jetzt von der Reise. Ich werde weder nach Hamburg noch nach Dresden reisen. Wer gäbe mir Geduld?

Ich gehe unmittelbar von hier nach Kassel und von da über Wetzlar nach Koblenz. Bei Mendelssohn habe ich mich schon erkundigt. Bei Koblenz ist nichts zu vermieten. Du erinnerst Dich ja, daß wir uns dort schon umgesehen, daß wir keine passende Wohnung gefunden, ja, daß es uns nicht einmal dort gefallen hat. Kannst Du Dich denn nicht entschließen, wieder in Rüdesheim oder in Godesberg zu wohnen, oder sonst im Rheingau? Noch etwas. Gustens Eltern, hoffest Du, werden die Tochter besuchen. Wäre nicht besser, wenn das gleich in Obernburg abgemacht würde, daß sie nicht nötig hätten, am Rhein zu uns zu kommen, und wir in der Wahl unseres Aufenthalts und dessen Nähe zu Frankfurt weniger geniert wären? Gehst Du denn auch nach Obernburg? – Übereile Dich auch nicht und strenge Dich nicht an mit Packen und Besorgen in Frankfurt. Du hast allerdings viel zu tun. Mein Geld unterbringen. Willst Du mir nicht zuvor Deinen Plan darüber mitteilen? Meine Bücher einpacken. Vergesse ja nicht, meine Manuskripte und meine *Berliner Briefe* mitzunehmen. Deine eigenen Angelegenheiten ordne der Art, daß Dir aus der Entfernung alles weiter besorgt werden kann.

Ich mache mich also nach und nach fertig und reise von hier ab, sobald das Wetter gut wird. Jetzt ist es sehr kalt, und es schneit oft. Ich hoffe aber, das dauert nicht lange, und es ist der letzte Winterzorn, Sei nur ganz ruhig. Ich schwöre Dir, daß ich bequem, sicher und gesund reisen werde. – Vergesse Deinen Paß nicht, lasse ihn ausstellen nach den *Deutschen Bundesstaaten.* – In Kassel werde ich mich acht Tage aufhalten. [Die Schlüssel zu meinen und Deinen Kisten und Koffern, die in Frankfurt bleiben, mußt Du durch daran hängende Zettel bezeichnen, zu welchen Kisten sie gehören und sie auch in Frankfurt lassen; denn wenn wir uns zu seiner Zeit unsere Sachen nachschicken lassen, muß der Fuhrmann die Schlüssel mitnehmen, um sie an der Mauth (130) öffnen zu können.] Wollen wir unsere Pferde verkaufen oder sie mitnehmen? Ich meine, das erstere wäre besser. – Ja, liebes Bärbelchen, als ich Dich kennenlernte, da warst Du noch ein

[... im Original unleserlich]. Du bist aber besser als alle Fürsten und ihre Minister, Du bist mit der Zeit fortgeschritten. Ist das Verleumdung, daß ich dieses öffentlich erkläre, ist es nicht vielmehr ein schönes Lob? Bedenke, – Der Dr. Meyer ist ein Schindluder. Du kannst ihm das sagen in meinem Namen. Ich werde Mittag Humboldt und Hegel bei Tische finden. Letzteren habe ich noch gar nicht gesehen.

Wie dumm bin ich wieder gestört worden! Aber ich mache mir nichts daraus. Ich habe zu nichts mehr Geduld, nicht einmal, Dir zu schreiben. Wenn nur das Wetter bald gut würde, daß ich abreisen könnte. Eben schneit es wieder. Aber das Klima hier muß mir besonders gut sein; denn ungeachtet des veränderlichen Frühlingswetters habe ich, seit ich hier bin, nicht im geringsten gehustet und habe nach oft stundenlangem Sprechen nicht die geringste Beschwerde auf der Brust gefühlt, was doch seit einigen Jahren anderswo immer der Fall war nach anhaltendem Reden. Aber jetzt spüre ich etwas, nicht auf, sondern in der Brust; ich glaube aber, es ist die Sehnsucht nach meinem lieben Bärbelchen. Ich hoffe, wir sehen und zanken uns bald, daß meine Liebe sich mindere, denn – Glück ohne Ruh‹, Liebe bist Du! Bin ich aber nicht ein recht einseitiger Mensch, daß ich nichts liebe als Dich? Darum ist auch mein Brief einseitig. Darüber darfst Du Dich aber nicht beklagen, denn wisse, daß eine meiner Seiten so viel enthält als drei der Deinigen. Adieu, Madame Börne. Ich küsse Deine Hand auf die allerzärtlichste Berliner Weise. Gruß an die Schwägerin Schnapper. Charles

Berlin, Ostermontag, d. 7. April 1828

Ich habe gestern Deinen kleinen, lieben Krüppelbrief erhalten. Krüppel für Krüppel. Wie bescheiden Du bist, wenn Du glaubst, 120 Taler könnten mir nur eine Deiner Zeilen ersetzen. Den Brief an Lindenau konnte ich gestern nicht abgeben, weil jüdische Feiertage waren. Ich werde es heute [tun]. Hättest Du Dir nur ordentlich sagen lassen, ob es eine eigentliche Anweisung ist oder wie es sich sonst damit verhält. Denn mit dem alten [Lindenau?] zwei Worte über ein Geschäft zu sprechen, ist für mich keine Kleinigkeit. Das ist der ekelhafteste, schlemihlistische [... im Original unleserlich]. Ohne Übertreibung, [... im Original unleserlich]. Ich fürchte, mit der Hinkelschen Hypothek wird es nichts; denn wenn jemand auf ein neu zu bauendes Haus Geld nimmt, so sorgt er schon früh dafür. Und kann ich denn Hypothek bekommen, da ich nicht Bürger bin? Jetzt aber Bürger zu werden, ist für mich bedenklich, weil dieses das Heiraten im Auslande sehr erschweren würde. Reinganum hat unrecht, wenn er meint, am Rhein wären die nämlichen Verhältnisse als in Berlin; ich habe in meinem letzten Brief über den Unterschied gesprochen. Auch habe ich keine Advokatenkenntnisse nötig, um diese Sache gehörig zu erforschen, denn es kam hier ja nicht darauf [an], welche Förmlichkeiten zu beobachten wären, sondern welche *nicht* zu beobachten sind. Bei uns kam es darauf an, ob die übliche Heirats-Erlaubnis der Eltern und das Aufgebot im Geburtsorte vermieden werden kann, und der Mann, der mir *bejahend* Auskunft gab, ist der Direktor im Ministerium der geistlichen Angelegenheiten, der das alles am besten wissen muß. Übrigens wäre es freilich sonderbar, wenn wir deswegen nach Berlin müßten, und das soll hoffentlich vermieden werden können. Es gibt überall Pfarrer, die für Geld und gute Worte ein Auge zutun. Die Herz sagte mir, daß sie selbst hier in Berlin einen Pfarrer kenne, der gegen Bezahlung einen ohne weiteres traue. Das Schlimme ist nur in solchen gesetzwidrigen Fällen, daß die Copulation nicht ins Kirchenbuch eingetragen wird. Das wäre Dir, glaube ich, ganz recht. Dann könntest Du, sobald Dich die Lust ankäme (etwa wenn ein Hans erschiene), leugnen, daß Du meine Frau wärest, und Du liefest in die weite Welt und ließest mich armen Teufel sitzen. Nein, schwarz auf weiß muß ich [es] haben, im Kirchenbuche muß ich stehen. Das gibt mir das Recht, Dir zu befehlen, Dich zu zanken, einzusperren und, wenn es not tut, auch zu prügeln. Welche paradiesischen Aussichten eröffnen sich Dir!

So, mit dem Rhein ist es recht. Von Frankfurt aus Logis bestellen, ist lästig und unsicher. Ich werde wohl hier nicht mehr bestimmt erfahren können, wann Du abreist. Das schadet aber nicht. Ich werde das in Kassel oder an einem [anderen] Orte erfahren und mich dann dem Rheine nähern, sobald die Zeit Deiner Abreise kommt. Wenn das schlechte Wetter aufhört, reise ich den 15. von hier weg. Du schreibst mir natürlich so lange nach Berlin, bis ich es abbestelle.

Was hier die Menschen fromm, wie angefüllt die Kirchen sind, das sah ich in diesen Ostertagen; es ist unglaublich. Einen Tag vor Ostern ging ich mit der Herz die Treppe ihres Hauses herab, da begegnete ihr eine Familie, Mutter, Töchter, Vater, Söhne, die im nämlichen Hause wohnt und die eben heimkehrten. Die Herz sank einer nach der andern schweigend um den Hals, man küßte sich und flüsterte einige leise halb geseufzte Worte. Alles war so still, so traurig, so tränenvoll, man schied endlich so bekümmert, still und schweigend. Ich fragte die Herz: es wäre wohl im Hause jemand gestorben? Keineswegs. Was war‹s? Die Familie kam vom Abendmahl. Und die fromme Dame mit ihren Töchtern war doch keine andere als die erste geschiedene Frau des Dichters Zacharias Werner (131), die in der Lebensbeschreibung dieses Mannes gar nicht als eine Heilige erscheint. Sie trat später von der katholischen Religion zur protestantischen über und heiratete ihren jetzigen Mann, einen Staatsrat.

Wie geht es denn meiner Freundin Carl? Man soll doch über nichts lachen, weil es einem neu ist! Das kam mir immer so komisch vor, daß mir die Carl, wo sie mich traf, die Hand reichte, selbst an öffentlichen Orten, und es setzt mich in Verlegenheit. Das ist aber allgemeine Sitte in Berlin. Die Damen geben den Herren ihrer Bekanntschaft beim Kommen, Gehen und Begegnen die Hand. Ach, und wie oft wurde die meinige zärtlich gedrückt. Du glaubst es gar nicht, liebes Bärbelchen, welch ein Glück Du an mir machst. Wie würdest Du hier als meine Frau beneidet werden! Wahrlich, ich fürchtete mich, Dich herzuführen, Du armes Kind wärest Deines Lebens nicht sicher. Trauriges Los der Größe! –

Habt Ihr Karfreitag in Frankfurt ein Oratorium gehabt? Hier wurde unter Zelters Leitung von der Singakademie der Tod Jesu von Graun aufgeführt. (132) Es überraschte mich, den alten Mendelssohn an der Kasse mit dem Verkauf der Billette beschäftigt zu sehen. Das tut er alle Jahre aus Gefälligkeit für den alten Zelter und gibt ihm jedesmal 50 Taler dazu und läßt seinen Sohn Felix und seine Töchter mitspielen und singen.

Habe ich Dir denn schon erzählt, daß ich Dein zart Bettchen hier als Kopfkissen gebrauche? Ich schlafe so süß wie ein Kind darauf. Alles, was Dich je berührte, hat eine einschläfernde Zauberkraft. Und von Deinen guten Anisplätzchen habe ich auch noch. Erst heute morgen habe ich zu einer Tasse Schokolade davon gegessen. Gruß an die Ochsen und an die Kraus und an alle vom lieben Dr. Börne. Ich küsse Dir aufs zärtlichste die Hand.

Charles geborene Jeanette

Berlin, Donnerstag, d. 10. April 1828

Wie angenehm war ich gestern überrascht, schon wieder einen Brief von Dir zu bekommen; ich konnte aber nicht gleich dazu kommen, ihn zu beantworten. Aber liebes Bärbelchen, Du füllst ja eine ganze Seite Deines Briefes mit Plagiaten an, indem Du Reichardts, Guide de Voyageur (133) ausziehst, den ich ja ganz dick selbst besitze. Du sprichst von Hameln wie ein Hämmelchen und von Paderborn wie ein Peterchen, lauter dummes Zeug. Sprichst Du von Bayreuth, sag ich: sei gescheit; sprichst Du von Braunschweig, ruf ich, traun schweig. Das war ein Stück Predigt aus Abraham a santa Clara! (134) Nein, es wird nicht mehr herumgereist ohne Dich, ich gehe den graden Weg nach dem Rhein. Der liebe Börne ist kurz und nicht mehr so gesprächig wie sonst, *erstens,* weil er, nachdem der erste Eindruck von Berlin vorüber ist, wenig mehr zu schreiben hat. *Zweitens,* weil er, mit Vorbereitungen zur Abreise beschäftigt, wenig Zeit hat, und *drittens,* weil er verdrießlich, verdrießlich, verdrießlich ist. Was habe ich nicht immer zu tun, wenn ich mein Lager aufhebe. Hundert geliehene Bücher zurückschicken, Wäsche besorgen, Stiefel sohlen lassen, Geld einkassieren, Abschiedsvisiten, Billetts schreiben, bei [der alten Herz?] langweiligen Abschiedstee nehmen. Ach, und das Wetter bringt mich zur Verzweiflung. Es wird alle Tage schlechter. Was habt Ihr in Frankfurt für Wetter? *Antworte nur noch auf diesen Brief nach Berlin und dann nicht mehr, ich müßte es denn ausdrücklich sagen.* Nach Hannover werde ich schwerlich kommen, und wenn auch, doch nicht mit Schmitts reisen. Das würde mich und sie genieren. Aber erkundige Dich doch genau, wie lange Schmitt noch in Hannover bleibt, um welche Zeit er nach Kassel kommt, und wo er dort logiert. Vielleicht kommt er grade nach Kassel, wenn ich dort bin. – Die Wechsel darfst Du *nicht* in Frankfurt lassen, sondern Du mußt sie mitnehmen, und zwar darum, weil, wenn sie fällig sind oder wieder verkauft werden sollen, sie ja der Eigentümer unterschreiben muß. [... 5 Zeilen im Original unleserlich] Wie ist da zu helfen? Ach Gott, was macht uns unser Geld für Sorgen! Wäre nicht am klügsten, es durchzubringen? Meine teuren Leinwandhemden, teure Freundin, werde ich vor dem Einpacken zählen und Dir getreu berichten, ob, was ich nicht glaube, eines davon gestohlen. Beim Einpacken werde ich mit Argusaugen wachen. Die Einrichtung ist so, daß ich dabei nicht hin- und herzugehen brauche. A propos Hemden habe ich folgendes mit Dir zu überlegen und gehorsamst anzufragen. Solange wir auf der hohen See der Jugend schiffen, solange die Stürme der Leidenschaften uns umher werfen, uns bald bis an die Wolken erheben, uns bald in den Abgrund der Wellen schleudern; solange ein seekrankes Herz uns taumeln und schwindeln macht; solange unser Fuß schwankt und unser Blick irre umherschweift – bedenken und berechnen wir nicht, wie kostspielig es ist, alle Tage ein weißes Hemd anzuziehen. Aber ach, in dem Winter unserer Tage lernen wir rechnen! Nun sind hier große Etablissements, wo man *fertige*

Wäsche kauft. Die Preise sind fix und billig. Die reichsten Familien kaufen auf diese Weise ihren Bedarf. Man hat dort auch Chemisetten [... 2 Wörter im Original unleserlich]. Nun wollte ich Dich fragen, ob ich nicht vernünftig täte, mir ein halbes Dutzend solcher Chemisetten zu kaufen, um das viele Wischgeld zu sparen. Man hat das Stück von 1 bis 3 Taler. Was sagst Du dazu? U.A.w.g.

Der liebe Börne hat gestern das erste Mal ein Schauspiel und das Schauspielhaus gesehen. Was sagst Du dazu? Nach fast zweimonatlichem Aufenthalt? Ist der liebe Börne nicht ganz charmant? Devrient (135) ist ein vortrefflicher Komiker. Ein Lustspiel von Raupach (136), »Der versiegelte Bürgermeister«, hat mich sehr lachen gemacht. Raupach schreibt viel fürs Theater und gefällt sehr. Man erzählte mir, es stünde, ich weiß nicht in welchem Blatte: »Der geistreiche und *liebenswürdige* (!) Dr. Börne, ehemals Herausgeber der Wage, hält sich gegenwärtig hier auf und wird ein eigenes Blatt herausgeben. Dem Vernehmen nach wird er bald eine junge und reiche Witwe heiraten, deren feiner und gebildeter Geschmack, dem Vernehmen nach, auf die gewandte Feder dieses ausgezeichneten Schriftstellers großen Einfluß üben soll.« Was sagst Du dazu?

Die Mariane S. hat mich neulich mehrere Novellen lesen lassen, die sie geschrieben. In Wahrheit zu sagen, fand ich sie sehr hübsch. Nun habe ich freilich meinen Beifall in schmeichelhaften Worten zu erkennen gegeben und mehr gesagt als gedacht. Mein Lob hat sie ganz berauscht, sie wurde ganz rot und erhitzt davon. Das ist ein seltsames Frauenzimmer. Sie lobt sich selbst und hört sich mit der größten Naivität loben, ohne was dagegen einzuwenden. Ich kann es nicht gewöhnliche Eitelkeit nennen, es ist eine Art katholisches Wesen, eine Art Sinnlichkeit der Seele, die immer nach Genuß hungert. Ich mache ihr Schmeicheleien mit grenzenloser Unverschämtheit, und es hat mir nie bei ihr geschadet. Den Hegel, hat das Schicksal beschlossen, soll ich nicht kennenlernen. Eigentlich liegt mir auch nichts daran, denn er soll in Gesellschaft sehr uninteressant sein. Aber ich möchte mir von Dir keine Vorwürfe machen lassen, daß ich einen berühmten [Mann] kennenzulernen versäumt. Nun war ich neulich irgendwo zu Tisch gebeten, wo Hegel auch sein sollte. Ich hatte das schon früher erfahren durch einen Bekannten, der grade dabei war, als der Bediente den Auftrag bekommen, mich einzuladen. Der Bediente aber war neu und konnte meine Wohnung nicht finden, und so mußte ich wegbleiben.

Geduld, Bärbelchen, wenn ich einmal auf der Reise bin und eine neue Welt sehe, und vielleicht Berlin selbst aus der Entfernung mir neu erscheint, dann werden meine Briefe länger werden. So lang, so lang! Werden wir uns viel zu erzählen haben? Auf einem Dampfschiff an einem schönen Maitag müssen wir uns wiedersehen. Adieu, Holde, Liebe, Gute, Adieu wilder Husar. Dein Charles

Nr. 20 erhalten.

Berlin, Sonntag, d. 13. April 1828

Lieber Engel, Deinen Brief Nr. 21, geschrieben den 8. April, hätte ich schon gestern haben können, habe ihn aber erst heute erhalten. Wie geht das zu? Ach Gott nein, ungeduldig bin ich nicht, ich möchte nur, wenn Du von Frankfurt weggehst, keinen Tag später mit Dir zusammentreffen, als auszuführen wäre. Die Blicke und die Hände sind holder und freundlicher als je, und ich werde alle Tage ein lieberer Börne. Meine Abreise wird sich noch um eine Woche wenigstens verzögern, und ich komme durch meine Schuld in eine dumme Verlegenheit. Aus einem einfältigen Geiz, ja keine paar Taler Miete zu verlieren, wenn ich früher als Ende April abreisen sollte, habe ich es auf übermorgen, den 15. aufgekündigt, und jetzt ist es weitervermietet, und ich muß auf so kurze Zeit wieder ins Wirtshaus ziehen. Ich war so verdrießlich darüber, daß ich vor einigen Tagen beschloß, mich schnell reisefertig zu machen, um Dienstag abzugehen, da bekam ich unglücklicherweise nach leichten Zahnschmerzen ein dickes Gesicht, mußte vorgestern und gestern das Zimmer hüten und werde auch heute noch nicht ausgehen können. Dadurch wurde ich verhindert, die Vorbereitungen zur Abreise zu treffen. Die Herz hat mir höchst eigenhändig ein Kräutersäckchen gemacht, und die Julie, als sie erfuhr, daß ich alte Leinwand suche, hat sie mir ihren Mann geschickt und mir auf ihre witzige Art alle *Lumpereien* anbieten lassen, die sie im Hause habe. Das Wetter fängt übrigens an, gut zu werden. Nach Hannover will ich recht gern reisen, es kommt nur darauf an, wie lange Schmitt noch dort bleibt? Vielleicht könnte ich erst in den ersten Tagen des Mais dort ankommen. Schreibe mir das also genau. O Bärbelchen, was bist Du eine – schlechte Geographin! Nach Bremen soll ich reisen, das nur wenige Meilen von Hamburg entfernt ist. Es wäre mir selbst interessant, Hannover kennenzulernen, und es kommt also darauf an, ob Schmitt nicht zu schnell von dort abreist. Das war wirklich ein treffender Witz von Heß. Schreibe mir doch, wie es mit Kirchners Gesundheit aussieht. Wenn Dir etwa Lindenau sagt, daß ich von seinem Vater die 120 Taler noch nicht eingenommen, so erklärt Dir das, daß ich einige Tage nicht aus war. Es eilt ja nicht. Das ist ein himmlischer Gedanke, zuweilen eine ironische Lustpartie vom Rhein nach Frankfurt zu machen. Ich werde dann ganz vergnügt wie ein steifer Engländer durch die Straßen gehen und mir die Häuser ansehen. Satan, willst Du Dir denn das dumme Zeug von einem *Gütchen kaufen* nie aus dem Sinne schlagen? Wie soll sich das denn verinteressieren? (137) Ich sehe voraus, das Weib ruiniert mich. Mendelssohn hat ein großes Gut am Rhein, mit Waldung, Wiesen, Weinberg, und er sagt mir, es bringe ihm gar nichts ein. Nur daß er frei wohnt, einige Flaschen Wein zieht und Obst zum Einmachen für den Winter.

Mit meiner Freundin Saaling geht es immer besser. Wir haben uns wechselseitig ganz förmlich unsere – Freundschaft erklärt. Aber das ist doch nur ungesäuertes Brot gegen Dich. Es gibt keine Person, mit der man besser einen Roman spielen kann als mit ihr. Sie ist selbst ein ganz fertiger Roman. Ein wunderliches Gemisch in ihr von Wahrheit und Dichtung. Und in eine solche Rolle einzugehen, bin ich ganz der rechte Mann. Ich treibe wahre Stil- und Deklamierübungen mit ihr. Glaube aber nicht, daß das Heimtücke ist; das macht sich so mit dem besten Willen, und obgleich ich ihr aufrichtiger Freund bin.

In ihrem häuslichen Verhältnisse mit ihrer Schwester und ihrem Schwager ist auch eine Art wunderliche Poesie in der Gattung der Satire. Heyse ist ein junger Mann, dem natürlich seine hübsche Schwägerin besser gefallen muß als seine häßliche Frau; Josef Mendelssohn sagte mir einmal lachend von ihm: ich glaube, daß er seine Schwägerin lieber hat als seine Frau. – »Warum er sie dann nicht geheiratet?« – Er hat die Courage nicht gehabt, sich um sie zu bewerben. – Diese hingeworfene Bemerkung war nun für mich Mephistopheles ein herrlicher Fund. Ich paßte auf. Wenn wir vier abends zusammen Tee tranken, merkte ich nichts. Heyse herzte und küßte seine Frau unaufhörlich. Gegen die Schwägerin betrug er sich wie ein guter Bekannter. Jetzt kam aber die Frau Dr. in die Wochen, und wir zwei Männer tranken allein Tee mit der lieben Schwägerin. O wie war es da anders! Gleich am ersten Abend ohne die Frau nahm des Herzens und Händeküssens zwischen Heyse und Mariane kein Ende. Einmal fiel er ihr um den Hals und küßte sie und sagte mir dabei: Sie wissen gar nicht, was ich da für eine herrliche Schwägerin habe. Ich fragte mit *finsteren Blicken:* worin besteht denn ihre Herrlichkeit? Was war‹s! Das eintägige Kindchen wollte nicht pissen. Die Wärterin hatte nicht den Mut, dem Kinde wegen seiner Schwäche die verschriebene Medizin zu geben. Da gab die entschlossene Schwägerin das Säftchen, und das Kind – pißte. Was! dachte ich. Also für eine Kinderpisserei einen Kuß. [... im Original unleserlich] – und 10 000 kleine Teufelchen jubelten in mir ... Aber Bärbelchen, wenn Du so etwas wiedererzähltest, nur einer Seele – es wäre schrecklich. Denke nur, was da für ein Unglück daraus entstehen könnte. Man kann sich nicht genug in acht nehmen. Die Julie erzählte mir erst neulich kränkende Dinge, die Dr. Neuburg von ihr erzählt, und daß sie alles, Wort für Wort, wiedererfahren und ihm seitdem gram ist. Und das hatte doch Neuburg auf einer Durchreise in Weimar erzählt. Wie schneller erführe sie mein Geschwätz, wenn es erst in Frankfurt bekannt würde. Um Gottes willen sei vorsichtig.

Wenn Du Dich gut aufführst und verschwiegen bist, teile ich Dir auch in meinem nächsten Briefe einige zwischen mir und Mariane gewechselte Billets mit. Die sind wie gedruckt. Anliegendes habe ich aus begreiflichen Gründen vom Briefe getrennt. Adieu, Engel. Dein heutiger Brief hat mir besonders Freude gemacht. [... im Original unleserlich] Charles. Nr. 21 erhalten. Aber warum einen Tag zu spät. Die Schuld kann nur an Dir liegen. – Schreibe mir nur unter der gewöhnlichen Adresse hierher. Ich werde zwar übermorgen ausziehen, mein Brief wird mir aber gehörig besorgt.

Berlin, Mittwoch, d. 16. April 1828

Wir wollen sehen, wer gewinnt, Jeanettchen, wir wollen sehen, wer die kürzesten Briefe schreiben kann. Also nicht warten auf Schmitt, sondern allein von Frankfurt weg. Das ändert aber die ganze Sache. Jetzt hätte *ich* zu bestimmen, *wann* und *wo* wir uns treffen sollen am Rhein. Das kann ich aber auf dem Wege erst, wenn ich Berlin hinter mir habe. Auch mache ich mich jetzt fertig, das Wetter ist sommerlich. Ich denke, in Mainz treffen wir zusammen. Es wäre sehr liebenswürdig von der Fanny Ochs, wenn sie Dich begleitete. Es würde mich ganz glücklich machen. Die guten Kramms sind doch etwas langweilig. Wenn aber weder die eine noch die andere mitginge, wer dann? Engagiere niemand drittes, ohne mich vorher um Rat zu fragen. Ich habe hier sehr meinen Geschmack ausgebildet, ich bin äußerst delikat in der Wahl der Gesellschaft geworden, und es wird nötig sein, daß ich Dich selbst noch etwas filtriere. Also Dich jetzt in Ordnung gebracht, reisefertig gemacht und aufgepaßt, wenn ich kommandiere: marsch!

Ich glaube nicht, daß ich nach Hannover gehe. Wohl nur nach Magdeburg, und von da nach Köln oder Koblenz. Das Geld von Lindenau ist einkassiert. – Ist es wahr, daß Ihr Ostern in Frankfurt Schnee gehabt?

Heute mittag bin ich wieder mit Hegel eingeladen. Ich hoffe, daß er mir dieses Mal nicht entwischt. – Die Heyse erzählte mir, ihre Nichte, die Frau von Rothschild, habe den Dr. Christ als Accoucheur (138) angenommen. Hat das nicht etwas Neid erregt bei Mappes, Reis? Mein Bärbelchen, geliebte Jeanette, teures Weib, wie froh bin ich, daß Du mir geblieben. Wirst Du den Sünder, der reuig zu Deinen Füßen fällt, wieder aufnehmen, wirst Du ihm seine Untreue vergeben? Gebrechlichkeit, Dein Name ist Weib. [Die Mariane] hat mich schändlich, schändlich, schändlich betrogen. Erzählte sie mir, sie erwarte in diesen Tagen einen jungen Menschen, einen Arzt, aus Schottland zurück, der früher hier studiert, und der wie ein Kind in ihrem Hause gewesen. Ich hörte das so gleichgültig mit an – was habe ich Kinder zu fürchten, die aus Schottland kommen? Das Kind kam. Du, Bärbelchen [... im Original unleserlich] nie werde ich es verschmerzen (oder vergessen) kleidetest Dich doch nur in ein weißes Gewand und gabst Deiner tückischen Freude die Farbe der Unschuld. *Sie* aber, ihr Kind erwartend, zog ein hellfarbiges, seidenes Kleid an, schmückte sich mit Bändern in den Haaren und goldenen Ketten und saß da, selig lächelnd wie eine Braut. Die Verschmitzte, welche Schlangenwendungen gebrauchte sie, mich abzuhalten, daß ich diesen Abend nicht käme (das Kind wird in einigen Tagen wieder abreisen), um ungestört zu sein, um meiner Beobachtung zu entgehen. Aber ich blieb dumm und taub und kam doch. Ein junger Mensch von 24 Jahren, recht hübsch, sehr fein, klug, gelehrt; er gefiel mir. Sie hebt ihn, er sie. Was nur Zärtliches unter meinen Augen vorging, ist nicht zu beschreiben, was mag erst geschehen, wenn sie allein sind! Und das verdammte Weib spottete meiner noch und sagte mir mit Lachen, es wäre besser für mich gewesen, ich wäre einige Tage früher von Berlin abgereist. Der Geliebte heißt Dr. Becker und ist der Sohn des Dr. Becker in Offenbach. Er soll äußerst unterrichtet sein und wird hier von den ersten Ärzten und Professoren gepriesen und befördert. Er hat für einen jungen Menschen ein äußerst angenehmes Glück. Ein getaufter jüdischer Baron von hier, ein junger Mann, der 8 Millionen reich und krank ist, hat den Becker gegen ein glänzendes Gehalt als Arzt engagiert, um ein Jahr lang in Italien mit ihm zuzubringen. Früher hat er auf einige Zeit den kranken Dufay [?] aus Frankfurt als Arzt hierher begleitet. Das ist der glückliche Jüngling, den die 42jährige [... im Original unleserlich] mit aller Zärtlichkeit liebt; aber ganz im Ernste. Und der liebe Börne läßt wie ein geschlagener Pudel Schwanz und Ohren sinken und duckt sich und schleicht sich weg. Ist das nicht artig von der Schickung? Aber Du glaubst es nicht, was sie für eine Närrin ist. Es läßt sich schriftich gar nicht auseinandersetzen. Es jammert einen. Die vielen Schmeicheleien, die Sie teils freiwillig bekommen, teils zu erpressen wußte, haben ihr den Kopf verrückt. Sie ahnt nicht, daß sie ganz verblüht ist, beträgt sich wie ein junges Mädchen und spricht nur von ihrer Kindheit, nie von ihrer Jugend. Sie versteht, einem weis zu machen, daß man sie lieb habe. Goethe hat das treffliche Wort: *Anempfindlerin* erfunden. Sie ist eine. Die Arme, die Unglückliche! In wenigen Jahren ist sie ein Spott der ganzen Welt, sie ist es jetzt schon vieler. Sie ist ein lehrreiches Opfer der Schwäche und Eitelkeit. Ich möchte alle jungen, schönen Mädchen um sie her versammeln und ihnen sagen: Seht, das ist das Los einer Empfindlerin, die mit ihrem eigenen Herzen so lange spielte, bis es fiel und brach, und mit fremden Herzen, bis sie entrollten und nicht mehr zu finden waren. Ich umarme Dich, Bärbelchen, Du reine, unverfälschte schöne Seele.

Meine neue Wohnung: *Französische Straße Nr. 53.* Deine Nr. 23 gestern habe ich richtig in meiner jetzigen Wohnung erhalten.
Charles Dupe

Heute habe ich zum ersten Male kein Feuer.

Berlin, Freitag, d. 18. April 1828

Wir schreiben Briefe wie zwei recht müde Gäule, die sich in den Stall sehnen. Mich hält eigentlich hier nichts mehr zurück als die Faulheit, meine Sachen in Ordnung zu bringen, Abschiedsbesuche zu machen u. dergl. Das Wetter ist gut. Du irrst Dich aber, wenn Du glaubst, ich sei aus Unverständigkeit Berlins überdrüssig geworden. Es gefällt mir immer noch. Aber so lieb es mir ist, bist Du mir denn nicht noch lieber? Und wie sollte ich nicht ungeduldig werden, wenn unser Zusammentreffen so nahe ist. Nach Hannover kann ich auch jetzt nicht mehr, selbst wenn ich wollte. Du verrechnest Dich ganz in der Zeit. Reise ich gegen das Ende künftiger Woche von hier ab und bleibe nur wenige Tage in Magdeburg, Kassel wird es Mitte Mai, bis ich an den Rhein komme. Ich reise ja langsam mit dem Hauderer. Auf diesen Brief kannst Du mir immer noch hierherschreiben, das wird aber gewiß der letzte sein.

[Nicht zu vergessen. Packe einige Bettücher und Handtücher zu meinem Gebrauche für Ems ein. Wenn es noch Zeit wäre, möchte ich gar zu gern, daß Du mir 2 Badehemden von Leinwand bestelltest. Du weißt, wie sie gemacht werden? Sehr lang und weit und weite Ärmel, und vorne offen. Die Leinwand braucht nicht von der feinsten zu sein. Solche Badehemden sind zum Abtrocknen sehr bequem. Auf eine meiner wichtigsten Fragen hast Du mir nicht geantwortet. Sind meine *Bändelschuhe* in Frankfurt, oder sind sie hier gestohlen worden? Wenn letzteres, schreibe mir‹s, damit ich von hier welche mitnehme, denn in Ems kann ich solche, morgens an den Brunnen und ins Bad zu gehen, nicht entbehren.]

Wenn Reinganum 2000 fl. oder eine dem nahekommende Summe nähme, dann wäre er so niederträchtig als sein Bruder. Tausendmal lieber gar nichts. Wenn ich zurückkomme, lasse ich mich durch nichts, und auch von Dir nicht, abhalten, etwas von Reinganum und meiner Erbgeschichte ins Morgenblatt zu bringen. Ich werde das schon anzuknüpfen wissen. [... 3 Zeilen im Original unleserlich] Schätzchen, der Taschenspieler, der mich für einen Dummkopf angesehen, ist ja der nämliche, der auch hier den Streich mit dem Bauern gemacht. Ich habe Dir das zu schreiben vergessen. Zu einem Romane hätte ich wirklich große Lust.

Aber mein Gott, wie viel fehlt mir dazu, wieviel Talent, wieviel Stoff. Ich bin aber jetzt zu diesem Zwecke sehr aufmerksam auf meine Bekanntschaften. Die M.S. ist ein Studium, ich lese sie und durchblättere sie wie ein Buch. Das ist ihr Glück, sonst mißfiel sie mir in höchstem Grade, ja täglich mehr. Wie nötig ist doch den Weibern Verstellung, Bekleidung. Wie häßlich ist es, wenn sie sich zeigen, wie sie sind. Nie ist mir ein Frauenzimmer vorgekommen, das so unbesonnen, so leicht sinnig, so taktlos – ich muß das harte Wort gebrauchen, so *schamlos* wäre. Doch hoffe ich, Du werdest das nicht mißdeuten und den Ausdruck nicht im gewöhnlichen Sinn nehmen, sondern im malerischen, wie ich ihn mir gebildet.

Wenn die Fanny Ochs mit Dir an den Rhein käme (im Vertrauen, ich möchte sie im geheimen abkonterfeien), würde ich Euch vier Wochen lang von der M.S. unterhalten können. Sei nur ruhig, ich will keine Wäsche kaufen, ich erschrecke vor Deinem Mordspektakel, ich fürchte Dich mehr als den Teufel. – Noch einmal meine Adresse: *Französische Straße 53.* Ich wohne im nämlichen Hause als Robert. So sehr mißfällt mir die schöne Madame, daß ich während meines hiesigen Aufenthalts erst zweimal den Abend bei ihr zugebracht, und daß ich, seit ich im Hause wohne, sie noch gar nicht besucht habe. Von Robert sagte mir neulich einer, was ich früher gesagt, nur noch besser. Er sei: ein ausgebrannter Krater, der nie gebrannt habe. Neulich war ein Erdbeben hier in der Nacht. Als ich morgens aufwachte, lag meine Nachtmütze auf der Erde, die mir der Erdstoß vorn Kopfe geworfen hatte. Dein treuer Charles und lieber Börne.

Nr. 23 erhalten.

Berlin, Montag, d. 21. April 28

Ich küsse Dir aufs zärtlichste die Hand, teure Freundin, für die Pikeewesten, die Du für mich hast machen lassen. Auch soll der erste Tintenflecken, den ich darauf mache, Dir gewidmet sein. Ich will es abwarten, ob ich zu Hannover noch Neigung bekomme, ich glaube es aber nicht. Ich denke, Ende dieser Woche abzureisen. *Schreibe mir nicht mehr nach Berlin.* Es wäre freilich verdrießlich, wenn ich, einige Tage länger hierbleibend, Deine Briefe entbehren müßte, aber so ist es mir immer noch lieber, als wenn einer Deiner Briefe mich hier nicht mehr träfe. Schreibe mir nach Empfang dieses *Postrestant* (139) nach *Magdeburg.* Ich werde Dir in den gewöhnlichen Zeitfristen schreiben, also wahrscheinlich Donnerstag noch einmal von Berlin. Du aber schicke mir, außer dem einen Brief nach Magdeburg, keinen andern, bis Du weitere Nachricht von mir bekommst.

Vor der Anzeige im hiesigen Wochenblättchen hättest Du Dich nicht zu ängstigen. Das kommt nicht nach Frankfurt und wird auch hier nicht gelesen. Es erscheinen täglich wenigstens 12 Blätter davon, und da ist man unter Austern, Gänsebrüsten, Steckbriefen, Auktionen und hunderttausend anderen Anzeigen so versteckt, daß uns keiner fände. Es ist kein Wochenblättchen wie das Frankfurter, es ist ein Buch. – Was hatten wir drei Nächte hintereinander für schreckliche Gewitter! Ich habe so etwas noch nicht erlebt, ich meinte, die Welt würde untergehen. Beim Gewitter, das Freitag abend stattfand, hatte ich auch noch ein artiges Abenteuer, das zwar romantisch war, aber gegen alle Ästhetik zugleich antik, denn es begegnete mir mit einer alten Frau, mit der 55jährigen Varnhagen. Wir fuhren um 11 Uhr nachts aus einer Gesellschaft nach Hause, in einem Regen, der einer Sintflut glich. Die Straßen waren überschwemmt, das Wasser, das nicht schnell genug ablaufen konnte, bildete Seen und Flüsse, und die Strömung war so stark, daß der Kutscher Mühe hatte, durchzukommen. Es war ein halber Wagen, vorn ohne Leder, und der Wind trieb uns den Regen ins Gesicht. Wir wurden durchnäßt, als wären wir zu Fuß gegangen. Jetzt plötzlich geschah ein Donnerschlag – ich glaubte, es wäre einer – es war aber das Krachen des Wagens, der gebrochen und umgefallen war. Da lagen wir, in dem fürchterlichen Wetter, und über und unter uns nichts als Wasser. Wir mußten aussteigen, die Varnhagen hatte ganz den Kopf verloren, und ich wollte mich zu Tode lachen. Wir suchten das erste beste bekannte Haus auf, schellten die Leute heraus, die schon schliefen, und da zog sich die nasse Hexe in meiner Gegenwart von Kopfe bis zum Fuße trocken an, und ich sang: was hab ich gesehen, was hab ich gesehen! Vergangenen Freitag war hier eine große Feier zum Gedächtnisse Albrecht Dürers mit Reden, Deklamation, Musik und Gastmahl. Die große Musik, eine Art Oratorium von Felix Mendelssohn, soll vortrefflich gewesen sein. Ich war nicht dabei, fürchtete die Hitze.

Vergesse nicht, ehe Du weggehst, meine im Mai fälligen Wechsel zu realisieren und Dir die Verfallzeit der neu zu kaufenden gehörig zu merken. Rede mir nicht mehr von der M.S., das ist ein schwaches, eitles, unweibliches Weib, und ich schäme *mich,* daß ich mich von ihrem empfindsamen Flitter eine Weile lang habe verblenden lassen. – Jetzt ist‹s warm wie im Sommer, und ich werde gutes Reisewetter haben. – Der Fanny Ochs schreibe ich gewiß noch, lasse sie nur nicht merken, daß Du mir über meine Nachlässigkeit Vorwürfe gemacht. – Hattest Du denn keine Lust, Dich malen zu lassen? Wie glücklich hätte mich hier Dein Bild gemacht! Und wozu das Geld sparen? Denken wir uns, ich hätte auf der Reise soviel mehr gebraucht. Wäre nicht noch Zeit dazu? Es würde mich gar zu glücklich machen. – Aber daß nur Deine Abreise dadurch nicht verzögert werde. An Dir liegt mir immer noch mehr als an Deinem Bilde. – Schon einige Male, daß ich mit der Herz von Dir und Deiner zarten Weiblichkeit sprach, kam sie in Verlegenheit [... im Original unleserlich] – ich hatte meine Freude daran. »Ja, die Wohl« – sagte sie dann – das ist Ihr Ideal. So ist nicht jeder.« – Dein Charles mehr als je.
Nr. 25 erhalten.

Berlin, Donnerstag, d. 24. April 1828

Bärbelchen mein, ich grüße Dich fein. Als ich gestern abend spät nach Hause kam und zu Bett ging und wie gewöhnlich einige Bücher auf meinen Nachttisch legte und bald das eine, bald das andere nahm, mit der Langeweile wechselnd, da – lag plötzlich wie durch einen Zauber Dein lieber Brief unter einem Buche, den wahrscheinlich meine Wirtin hingelegt, und den ich, ohne ihn zu bemerken, mit Büchern bedeckt hatte. Ich bedeckte ihn mit Küssen. Da mußte ich aber wieder aus dem Bett, eine Schere holen. Dann las ich ihn und lachte, daß mir der Kopf schmerzte. Du bist das komischste Äffchen, das man nur finden kann. Über Deine Angst, der entschlüpften 2 ½ Prz. [Prozent] wegen, mußte ich lachen. Ich sah das Mäuschen in der Falle, ich hörte es pfeifen. Jetzt ist alles zu spät. Ich werde mich nach der Decke strecken, ich werde zu Fuß reisen, meinen Koffer auf den Rücken nehmen und mich ernähren von den Wurzeln des Waldes. Daran ist Deine Schwatzhaftigkeit schuld. Ein anderes Mal sei vorsichtiger und überlege, was Du sprichst. Deine Briefe habe ich alle erhalten, auch Nr. 22.

Nein, ich bin nicht unschlüssig, ich gehe nicht nach Hannover. Das ist mir zu weit, zu nordisch. Ich schmachte nach dem Rhein und Dir, und wenn Du zu lange zauderst, komme ich einmal des Nachts mit einem Wagen und zwei Banditen vor Dein Haus und entführe Dich. Die Tante! ach, die Tante! Die kann den ganzen Rhein zu Meerwasser machen, die kann ihn versalzen. Ich meine auf jeden Fall, es wäre zweckmäßiger, Du nähmest ein Frauenzimmer mit. Wir wären dann freier, unsern eigenen Weg zu gehen. Wenn Fanny Ochs nervenschwach und reizbar ist, wäre ihre Gesellschaft freilich bedenklich. Dann wären Kramms vorzuziehen. Von diesen aber wäre die Marie mir am liebsten.

Ich warte hier noch Deinen Brief ab, den ich Samstag morgen bekomme, und reise dann Sonntag ab nach Magdeburg, welche Reise zwei Tage dauert. Dort bleibe ich ein oder zwei Tage und gehe dann nach Kassel. Du schreibst mir also nicht und nirgends mehr hin, bis ich weitere Nachricht gebe. (Außer den verabredeten Brief, den ich in Magdeburg erwarte.) Es kann sein, daß ich Dir, durch Geschäfte verhindert, von hier gar nicht mehr schreibe, und überhaupt vielleicht ein paar Tage später als die gewöhnliche Zeit. Das möge Dich dann nicht beunruhigen. [Ich habe vergessen, Dich um Erlaubnis zu fragen, ob ich das Deckbett hier in Verwahrung zurücklassen darf. Jetzt ist es zu spät, ohne Deine Erlaubnis wage ich diesen Schritt nicht, und ich muß es mitnehmen, obzwar es mir sehr lästig ist. Einige andere alte Sachen gebe ich der Herz zu verwahren.] Der Sachs (140) mit seinem Roman! Das mag ein schöner Roman sein! Ich bin froh, daß er verloren. Ich erinnere mich dessen nicht; doch recht gut meiner Kleiderlosigkeit in Heidelberg. Darum ängstige Dich nicht wegen der verratenen 2 ½ Prz. Ein Baruch läßt nicht von [der] Art, und ich werde nicht knausern auf meiner ferneren Reise. Ich habe mich mit meinem Gelde verrechnet und werde mir wahrscheinlich nach Kassel noch welches schicken lassen müssen.

Die arme Constantia! Ich habe es ihr in die Hand versprochen, ihr zu schreiben. Sie bat mich wie ein Kind darum, und ich habe nicht Wort gehalten. Darum der Frühling einer Unglücklichen! Alles verliebt sich in mich, es ist gar zu traurig. Ich begreife gar nicht, wie sich Rüppel (141) um mich interessieren kann. Hat man denn in Ägypten auch meine *Wage* gelesen? – »Mai-Tage am Rhein« werden geschrieben für das *Morgenblatt,* und dann will ich meine Berliner Gedanken anbringen. Ich schlürfe den Rhein in meinem Geiste, es erquickt mich wie ein Bad, wenn ich nur daran denke. Nur ein Berliner kann den Rhein voll genießen, und das Entzücken der Berlinerinnen in Rüdesheim, von dem man uns erzählt, wird mir jetzt ganz begreiflich. – Professor Zimmern? Ich will es der Fügung anheimstellen. Die Pandekten (142) in Ems – das kann interessant werden. An sechs Orten hat es hier in der Stadt neulich eingeschlagen. Ein Offizier ist vom Blitze getroffen und blind und taub geworden – unheilbar. Nr. 25 erhalten. Dein guter Charles, Dein lieber Börne.

Berlin, d. 26. April 1828 (Samstag)

In Erwartung Deines heutigen Briefes will ich unterdessen den meinigen anfangen. Ich dachte, morgen abzureisen, aber es geschieht erst Montag oder Dienstag. Ich kann gar nicht fertig werden. Unterdessen entbehre ich Deine Briefe. Das ist recht traurig, aber es war nicht zu ändern. Aloys Schmitt hat mir gestern sehr freundlich geschrieben, ich möchte kommen, bei ihnen wohnen, sie wollten mir den Aufenthalt so angenehm wie möglich machen. Auch Auguste hat einige Zeilen beigefügt. Ich habe ihnen heute geantwortet, es ginge nicht an. Ich habe gar keine Lust dazu. Ich will am Rhein unser Wiedersehen abwarten. Wahrscheinlich bleibe ich in Bonn, bis Du mir bestimmst, wo wir uns treffen sollen. Auch liegt mir viel daran, auf meiner Durchreise mir in Ems frühzeitig ein Logis zu bestellen. Ich habe immer so schlecht gewohnt. Von Magdeburg aus bestimme ich, wohin Du mir ferner schreiben sollst.

Gans hat mir erzählt, ein medizinischer Professor aus Jena, der gegenwärtig hier ist, habe ihm vertraut, Professor Zimmern sei recht bedeutend krank, er sei nahe daran, die Schwindsucht zu haben. Siehst Du nun, wie gefährlich das Arbeiten ist und wie gesund das Müßiggehen? – Jetzt ein anderes Kapitel. Ich zittere, davon zu sprechen. Du wirst zanken, Du wirst toben wie ein Unhold. Aber nur sachte, sachte. Du weißt, ich bin Dein Sklave und tue und lasse, was Du willst. Aber reden darf ich doch; darf doch jeder arme Hund bellen, wenn man sich auch nicht, darum bekümmert. Ich brauche für meine gestohlene schwarze Weste und Beinkleider neue, ich habe nur ein Paar Beinkleider, die ich beständig trage. Willst Du mir bei Bahrt welche machen lassen und sie mitbringen, ist es gut. Willst Du nicht, ist es auch gut, ich drehe mich auf dem Absatz um und singe: ach, wäre ich ledig geblieben! – *Sonntag d. 27 April.* Deinen Brief Nr. 26, den ich gestern erhielt, konnte ich gleich zu beantworten keine Zeit finden. Du bist aber sehr unfreundlich, Du bist sehr unbekümmert um meine Wünsche. [Wie oft habe ich Dich gebeten, mir zu schreiben, ob meine Bändelschuhe zu Hause sind, und Du hast mir immer noch nicht darauf geantwortet. Sind meine Bändelschuhe zu Hause? Dann bringe sie mit. Ich bitte Dich, vergesse das nicht. Ich kann in Ems die Bändelschuhe nicht entbehren. Sollten sich aber in Frankfurt keine finden, so schreibe mir‹s, daß ich mir neue Bändelschuhe machen lasse.]

Ich werde, weil Du es wünschst, den Koffer *in* den Wagen nehmen. Freilich bleibt dann kein Platz für mich, und ich werde mich hinten aufbinden lassen müssen. Es ist aber besser, daß ich gestohlen werde als der Koffer. Was meine Reisegesellschaft betrifft, so hat sich gestern eine für mich gefunden, die Dir zwar angenehm sein wird, weil es *ordentliche* Leute sind, die mir aber etwas lästig ist, weil es Frauenzimmer sind, die ich beobhuten und artig behandeln muß. Es ist nämlich die Schwester des Dr. Heyse, die erst gestern von Magdeburg, wo ihre Eltern wohnen, zum Besuch ihres Bruders hier angekommen ist, und noch ein anderes junges Frauenzimmer, eine Witwe von 19 Jahren. Diese reisen ohne männliche Begleitung Mittwoch nach Magdeburg zurück. Ich wollte morgen schon abreisen. Man hat mich aber so dringend gebeten, meine Reise noch zwei Tage zu verschieben, daß ich es schicklicherweise nicht abschlagen konnte, da [mich] Heyse so sehr freundschaftlich in seinem Hause behandelt hat. Muß ich da nun zwei Tage artig sein, und ich dachte doch, mich von Berlinischer Feinheit zu erholen. Aber am traurigsten ist, daß ich jetzt fast acht Tage lang keinen Brief von Dir habe. Daran ist doch nun wieder Deine Ängstlichkeit schuld, die mich angesteckt hat. Ich hätte Dich immerzu sollen nach Berlin schreiben lassen. Wäre ich auch früher abgereist, wäre mir der Brief nachgeschickt worden. Aber ich wagte es nicht. Jetzt finde ich nun etwa künftigen Freitag einen Brief in Magdeburg, und dann muß ich wieder acht Tage auf einen anderen warten, weil ich nicht bestimmen kann, wohin Du mir schreiben sollst. Was mich das verdrießlich macht!

Auf baldigen Brief von mir kannst Du kaum zählen. Mittwoch reise ich ab und komme Donnerstag nachmittag in Magdeburg an. Dort schreibe ich, doch wahrscheinlich früher von Berlin oder dem Wege, wenn ich die Zeit dazu finde. Die weibliche Reisegesellschaft liegt mir wie Blei in den Gliedern. – Fange nur Deinen nächsten Brief gleich an, daß er recht lang werde. Dein guter treuer Charles

Berlin, Dienstag, d. 29. April 1828

Morgen also, geliebtes Bärbelchen, reise ich ab. Ich werde diesen Brief morgen in Potsdam auf die Post legen, so daß Dich das Postzeichen von meiner wirklichen Abreise benachrichtigen wird. Wie freue ich mich, in Magdeburg einen Brief von Dir zu finden. Schreibe mir gleich nach dem Empfang dieses nach *Kassel,* Postrestant, und zwei Tage später noch einmal dahin. Ich werde mich vier bis sechs Tage in Kassel aufhalten. Ich habe sehr nötig Geld. Bitte, mir nach Kassel welches zu schicken. [Entweder durch Anweisung oder bar, oder (was mir am besten dünkt) zwei 50-Taler Tresorscheine in einen Brief gelegt. Der Brief müßte rekommandiert werden. Überlasse es dem Samuel, wie er mir am schnellsten und sichersten 100 Taler dorthin besorgen will.]

Ich werde, wie der verlorene Sohn, ohne Geld und Strümpfe zurückkehren. Ach! was sehen meine Strümpfe aus –

Ich komme soeben von der alten Herz, von der ich Abschied genommen. Sie reichte mir die Wange zum Kusse. Als ich vor 25 Jahren in Tränen zerfließend von ihr ging und ich kein einziges Wort vor Rührung sprechen konnte, da war ich 17 Jahre alt, sie in ihrem Sommer, ich liebte sie und durfte damals, nur ihre Hand küssen. Und jetzt! Il vaut mieux jamais que tard! (143)

Abends 11 Uhr, Ich habe diesen letzten Berliner Abend bei M.S. zugebracht. Die jungen Damen, mit welchen ich morgen früh nach Magdeburg reise, sind sehr liebenswürdig, und die kleine Mühe, die mir das Reisen mit Frauenzimmern macht, wird mir reichlich vergolten werden. Es ist mein Glück, daß ich diesen langweiligsten aller Sandwege in schöner Gesellschaft mache. Adieu, adieu. Der 6. Mai ist mein Geburtstag. Schreibe mir *an* diesem Tage, wenn es nicht *für* ihn geschehen kann, einen lieben langen Brief. Die Mariane hat mir beim Abschied die herzlichsten Grüße an Dich aufgetragen. Welche Farbe dieser Schillertaffet hat, das weiß ich nach zehn Wochen immer noch nicht. In Magdeburg schreibe ich wieder. Dein Charles

Anmerkungen

1 *Ludwig Geiger* – Literaturhistoriker (1848-1919), seit 1880 a.o. Professor in Berlin, u.a. Herausgeber des Goethe-Jahrbuchs und Redaktionsleiter der »Zeitschrift für die Geschichte der Juden in Deutschland«; veröffentlichte 1905 die »Berliner Briefe« als Einzelausgabe und zugleich erstmals; er versuchte vor dem Ersten Weltkrieg, eine historisch-kritische Gesamtausgabe der Werke Börnes herauszugeben. Von den geplanten zwölf Bänden erschienen aber nur sechs zwischen 1911 und 1913.

2 Von 1821 bis 1823 hielt sich *Heinrich Heine* in Berlin auf, offiziell studierte er Jura, ließ sich aber vor allem in den literarischen Salons als Dichter feiern. In dieser Zeit entstanden seine »Briefe aus Berlin«, in denen er der Salondame Rahel Levin »der geistreichsten Frau des Universums« (Heine) ein Denkmal setzte; besuchte Hegels Vorlesungen und war aktives Mitglied des »Vereins für Cultur und Wissenschaft des Judentums«.

3 Marian[*n*]*e Saaling* – Helene Luise Marian[n]e Saaling (1786-1868), wird von Börne zum ersten Mal in seinen »Berliner Briefen« erwähnt. M.S. war die Tochter des königlichen Hofjuweliers Jakob Salomon Saaling. »Aus ihrer Berliner Jugendzeit«, so Ludwig Geiger, »ist wohl bekannt, daß sie auf manche Männer Eindruck machte.« Schon auf dem »Wiener Kongreß« (September 1814 bis Juni 1815) zog sie die Aufmerksamkeit der gesellschaftlichen Prominenz auf sich. In dem Artikel »Die Damen auf dem Wiener Kongreß« von Julius Bacher wird sie in der »Gartenlaube« (1875/Nr. 26) folgendermaßen beschrieben: »Sie übte durch ihr heiteres, witziges und anregendes Wesen eine große, belebende Kraft auf die sich dort ansammelnde Gesellschaft aus [...] Ihre persönliche Erscheinung harmonierte vortrefflich mit ihrem Wesen. Obgleich von jüdischer Herkunft, besaß sie eine Fülle goldblonden Haares, blaue, helleuchtende Augen und eine überaus zarte, rosige Gesichtsfarbe, welche Vorzüge durch schlanke, volle Körperformen noch wesentlich gehoben wurden. [...] Die ihr angeborene anmutige Unbefangenheit nahm sogleich jeden ein [...].« In den Salons ihrer Wiener Verwandten Henriette von Pereira und Fanny Arnstein wurde M.S. von den Diplomaten umworben und verlobte sich während des Kongresses mit dem spanischen Gesandten Marialva. Später in Berlin, als sie sich überwiegend für wohltätige Zwecke einsetzte, war sie vorübergehend (1834) mit Varnhagen von Ense verlobt. Dieser widmet ihr in seinen »Ausgewählten Schriften«, Band 6, Erste Abteilung (»Denkwürdigkeiten des eigenen Lebens«), ein umfangreiches Kapitel.

4 *Alexander von Humboldt* – Alexander, Freiherr von Humboldt (1769-1859), Naturforscher (Bruder Wilhelm von Humboldts); als seine Hauptwerke gelten: »Ideen zu einer Geographie der Pflanzen«, »Ansichten der Natur« (1808), »Kosmos, Entwurf einer physischen Weltbeschreibung« (1845 bis 1862).

5 *Varnhagen von Ense* – Karl August Varnhagen von Ense (1785-1858), frühliberaler Schriftsteller und Diplomat, Begleiter des preußischen Staatskanzlers Karl August Fürst von Hardenberg zum Wiener Kongreß, 1819 wegen seiner liberal-demokratischen Auffassungen als Geheimer Legationsrat verabschiedet. Nach der Niederlassung in Berlin als Publizist, Dramatiker, Lyriker und Biograph tätig: »Goethe in den Zeugnissen der Mitlebenden« (1823), »Biographische Denkmale« (1824 bis 1830) u.a. Als Börne ihn 1828 in Berlin traf, schien er sich auf eine neue diplomatische Rolle vorzubereiten.

6 *Rahel Levin* – Rahel Varnhagen von Ense (geb. Levin) (1771-1833), Gattin des Karl August V.v.E., war Mittelpunkt des literarischen und künstlerischen Berlins der damaligen Zeit, galt als Vorkämpferin der Frauenbewegung und führte einen berühmten Salon, obwohl sie vor ihrer Heirat zum Protestantismus übertrat, blieb sie zeitlebens der jüdischen Kultur verhaftet.

7 *Mitglieder der Mendelssohnschen Familie* – Ludwig Börne verkehrte sowohl im Hause des *Joseph Mendelssohn* (1770-1848) – dem ältesten Sohn des populären Aufklärungsphilosophen und Vorkämpfers der jüdischen Emanzipationsbewegung *Moses Mendelssohn* (1729-1786) – als auch bei *Abraham Moses Mendelssohn-Bartholdy* (1776-1835), dem zweiten Sohn des Moses M.; er war mit Lea Salomon verheiratet. Einen starken Eindruck auf Börne hinterließ der älteste Sohn des Abraham M.-B., der damals 19jährige *Felix Mendelssohn-Bartholdy*, der später als Komponist berühmt wurde (1809-1847).

8 *Friedrich E.D. Schleiermacher* – Theologe und Philosoph (1768-1834); bekannt wurde vor allem sein Jugendwerk »Über die Religion, Reden an die Gebildeten unter ihren Verächtern« (1799). Börne traf ihn zum ersten Mal 1802 im Salon der Henriette Herz. Die in den »Berliner Briefen« bekundete Abneigung Börnes gegenüber Schleiermacher erklärt sich aus der Erinnerung an jene Zeit, als er in seiner Liebe zu Henriette Herz ihn für einen Rivalen hielt.

9 *Ludwig Robert* – Bruder von Rahel Varnhagen, Schriftsteller (1780-1832), gewann durch seinen Gedichtzyklus »Kämpfe der Zeit« sowie das Trauerspiel »Macht der Verhältnisse« (1815) überregionale Bedeu-

tung. Im April 1828 erschien in der »Vossischen Zeitung« eine positive Besprechung seiner neueren Arbeiten. Ludwig Robert und seine Frau Friederike (geb. Braun) waren auch Jeanette Wohl bekannt.

10 *Gans* – Eduard Gans (1798-1839), Jurist und Rechtsphilosoph, wurde durch Fürsprache Hegels in Berlin zum Professor für Rechtswissenschaft ernannt, nach dem Scheitern des »Vereins für Cultur und Wissenschaft des Judentums« Mitinitiator der hegelianischen »Berliner Jahrbücher für wissenschaftliche Kritik«. Ludwig Börne spottet, daß Gans trotz Taufe seine »jüdischen Manieren« beibehalten habe.

11 *Fürst* – gemeint ist J. Fürst, ein relativ unbekannter Berliner Literat, der 1850 die »Erinnerungen« an Henriette Herz herausgab.

12 *Dr. Goldschm.* – Dr. Goldschmidt, Frankfurter Rechtsanwalt.

13 *Meine Rede über J. Paul* – gemeint ist: »Dankrede [Börnes] auf Jean Paul, vorgetragen im Museum zu Frankfurt am 2. Dezember 1825«.

14 *Mein Aufsatz über die Sontag* – gemeint ist: »Henriette Sontag in Frankfurt« (1827). Henriette Sontag (1806-1854) war eine prominente und beliebte Sängerin, deren Auftritt in Frankfurt von Börne enthusiastisch beschrieben worden war.

15 *Oelsner in Paris* – Konrad Engelbert Oelsner (1764-1828), Arzt, Diplomat und Publizist, der zu dieser Zeit in Paris lebte.

16 *Fouqué* – Friedrich Heinrich Karl, Baron de la Motte (1777-1843), romantischer Dichter, geb. in Brandenburg, stammte aus einer französischen Hugenottenfamilie.

17 *von Deinem Hans* – »Hans« wird von Börne im Sinne, von Nebenfreund(in) oder »Kebsfreundin« verwendet (vgl. Börnes Erläuterung). Hier bezieht sich »Hans« allerdings nicht auf Börne, sondern auf Heine (!), der mehrere Sonette für Friederike Robert verfaßt hat.

18 *Lindenau* – der Begleiter Börnes von Frankfurt nach Berlin, wahrscheinlich, wie aus anderen Bemerkungen hervorgeht, ein junger Kaufmann.

19 *Spiro* – der spätere Schwager Börnes, dessen Sohn er in Berlin traf.

20 *Staatsrätin Uhden* – die Gattin des Staatsrates Uhden (1763-1835), deren Schwester in Frankfurt wohnte.

21 *Hotho* – Heinrich Gustav Hotho (1802-1873), Kunsthistoriker und Universitätsprofessor in Berlin.

22 *Madame Levi* – Sarah Levi, Tochter des Berliner Bankiers I.D. Itzig.

23 *Dr. Reis* – gemeint ist Michael Reiß, Frankfurter Arzt.

24 *Julie Saaling (Frau Dr. Heyse)* – (1788-1863), jüngste Schwester der Mariane Saaling, verheiratet mit dem Sprachforscher Karl Wilhelm Ludwig Heyse, Mutter des Schriftstellers Paul Heyse (1830-1914)

25 *Berliner Literaturzeitung und meine Schrift darüber* – gemeint ist: »Einige Worte über die angekündigten Jahrbücher der wissenschaftlichen Kritik« (1826).

26 *amende honorable tun* – öffentliche Abbitte leisten.

27 *Speier* – gemeint ist offensichtlich Wilhelm Speyer, Frankfurter Börsenmakler und Komponist.

28 *Carl* – Nach seiner Taufe im Jahre 1818 trug Börne auch den Vornamen Carl; in den Briefen findet sich bisweilen die Schreibweise Karl.

29 Trotz der Beschränkung auf Kleinhandel sowie Geld- und Pfandleihgeschäfte brachten es Ende des 18. Jahrhunderts einige jüdische Familien in Frankfurt zu Wohlstand. An ihrer Spitze stand die Familie Speyer, gefolgt von den Rothschilds, deren Aufstieg zu den Besitzern des berühmten Bankhauses nur allmählich erfolgte. Auch Jakob Baruch, der Vater Ludwig Börnes, gehörte zu den angesehenen Bankiers.

30 *Reinganum* – Maximilian Reinganum, Anwalt Börnes, später Herausgeber von Bs. Werken und einer seiner Biographen.

31 *Dr. Stiebel* – Salomon Friedrich Stiebel, Kommunalpolitiker, Vertreter der jüdischen Reformbewegung in Frankfurt.

32 *Fanny Ochs* – Gattin des Pfarrers Hormuth in Heddesbach, Schwägerin des S.F. Stiebel.

33 *Gluck* – Christoph Willibald, Ritter von Gluck (1714-1787), Komponist Hofkapellmeister Maria Theresias.

34 *Theater-Prozeß* – ein im Jahre 1828 von der Frankfurter Theaterdirektion gegen Börne geführter Prozeß, in dem Reinganum (vgl. Anmerkung 30) als Verteidiger Börnes auftrat.

35 *Louis* – gemeint ist Louis Ochs, Bruder der Fanny Ochs.

36 *Holtei* – Karl von Holtei (1798-1880), schlesischer Bühnendichter.

37 *Zelter* – Karl Friedrich Zelter (1758-1832), Komponist, Leiter der Singakademie Berlin, musikalischer Berater Goethes, Lehrer von Felix Mendelssohn-Bartholdy.

38 *Dr. Neuburg* – J.S. Neuburg, Frankfurter Jurist.

39 *Sebastiani* – Horace Graf Sebastiani (1775-1851), französischer Marschall und Diplomat.

40 *Beer* – Heinrich Beer, Bruder des damals bekannten Dramatikers Michael Beer (1800-1833) und des Musikers Meyer-Beer.

41 *Breidenbach* – Wolf Breidenbach (gest. 1829), Jurist; setzte sich in Frankfurt für die Aufhebung des Judenleibzolls ein.

42 *der König* – gemeint ist Friedrich Wilhelm III. (1797-1840).

43 *Rossini* – Gioacchino Rossini (1792-1868), italienischer Komponist.

44 *Spitzeder* – Josef Spitzeder (1796-1832), seinerzeit berühmter Baßbuffo, Mitglied des Königstädtischen Theaters.

45 *unsere Bamberger* – eine von zwei Schwestern, die beide Opernsängerinnen am Frankfurter Theater waren.

46 *die »Reisebilder« Ihres Hans* – gemeint sind die »Reisebilder« von 1826 Heinrich Heines, die Rahel Varnhagen von Ense gewidmet waren.

47 *Sirius* – hellster Stern der Sphäre im Sternbild des Großen Hundes, Doppelstern mit einer Umlaufzeit von rund 50 Jahren.

48 *die Schnapper* – gemeint ist Fanny Schnapper (1788-1840), Schwester von Jeanette Wohl.

49 Die *Händel*-Aufführung hatte am 7. Februar 1828 stattgefunden.

50 *Spontini* – Luigi Gasparo Pacifico Spontini (1774-1851), von 1820 bis 1841 Generalmusikdirektor in Berlin.

51 *Spohr* – Ludwig Spohr (1784-1859), Komponist und Geiger.

52 *Rellstab* – Ludwig Rellstab (1799-1860), Musikkritiker und politischer Schriftleiter der »Vossischen Zeitung«. 1827 polemisierte er gegen Spontini unter dem Titel »Über mein Verhältnis als Kritiker zu Herrn Spontini als Komponisten«.

53 *Insinuation* – veraltet für Einschmeichelung, Einflüsterung.

54 *Samuel* – gemeint ist offensichtlich ein Bruder Börnes.

55 *fl.* – Florin, französische Bezeichnung für Gulden.

56 *Frau v. Hellwig* – Amalie von Hellwig (1774-1831), Schriftstellerin, wurde von Schiller und Goethe protegiert.

57 *eskamotieren* – etwas heimlich verschwinden lassen.

58 *Gubitz* – Friedrich Wilhelm Gubitz (1786-1870), Berliner Redakteur und Publizist (Zeitschriften: »Morgenblatt«, »Gesellschafter«).

59 *Clauren* – Heinrich Clauren, d.i. Karl Gottlieb Samuel Heun (1771-1854), damals vielgelesener Unterhaltungsschriftsteller. Börne hatte 1828 in einer Rezension, die später in seine »Dramaturgischen Blätter« aufgenommen wurde, Claurens Lustspiel »Der Wollmarkt« heftig kritisiert.

60 *Hummel* – Johannes Nepomuk Hummel (1778-1837), Komponist und Virtuose, Musikdirektor in Weimar.

61 *Saphir* – Moritz Gottlieb Saphir (1795-1858), Kritiker der »Theaterzeitung« in Wien, zwischen 1826 und 1829 Schriftleiter der »Berliner Schnellpost«, des »Berliner Courier« und des »Berliner Theateralmanach«; wegen seines boshaften Witzes in Berlin unbeliebt. S. wurde mehrfach wegen Beleidigung inhaftiert, ging später nach Paris, München und wieder nach Wien.

62 *Fuld* – Bankier.

63 *Meschores* – (hebr.) Diener; gemeint ist Moses Mendelssohn (vgl. Anmerkung 7). Mendelssohn war natürlich kein »Diener« im ursprünglichen

Wortsinn, sondern hochbezahlter Buchhalter, später Teilhaber eines Seidengeschäfts.

64 *Schmitt* – Aloys Schmitt (1788-1866), Komponist und Pianist; gemeinsamer Aufenthalt mit Börne und Jeanette Wohl 1828 in Hannover.

65 *Koreff* – David Ferdinand Koreff (1783-1851), Arzt, Schriftsteller, Diplomat; schillernde Figur der damaligen gesellschaftlichen Szene von Wien, Berlin und Paris.

66 *Melanchthon* – Philipp Melanchthon, d.i. Philipp Schwarzerd (1497-1560), Humanist; Freund und Mitarbeiter Luthers.

67 *Mittwochsgesellschaft* – 1824 von Eduard Hitzig in Berlin gegründete literarische Gesellschaft, trat die Nachfolge des »Polarsternbundes« an. Mitglieder waren u.a. Chamisso, Eichendorff, Immermann, Alexis, Streckfuß, Holtei.

68 *Hitzig* – Julius Eduard Hitzig (1780-1849), Kriminalrat und zeitgenössischer Literat; positives Urteil über Börne u.a. in Hs. Schrift »Über belletristische Schriftstellerei als Lebensberuf« (Berlin 1838).

69 *Chamisso* – Adalbert von Chamisso, d.i. Louis-Charles-Adélaide de Chamisso (1781-1838), deutscher Dichter französischer Abstammung, Emigrant der Französischen Revolution; »Peter Schlemihl« (Titel seines autobiographischen Märchens von 1814).

70 *Streckfuß* – Karl Streckfuß (1778-1844), Pseudonym: Leberecht Fromm; Lyriker, Erzähler und Dramatiker.

71 *Willemer* – J.J. Willemer Frankfurter Kaufmann und Schriftsteller, Mitarbeiter von Börnes bis 1821 erschienener Zeitschrift »Die Wage«.

72 *Marheineke* – Philipp K. Marheineke (1780-1846), evangelischer Theologe, Universitätsprofessor in Berlin.

73 *Ritter* – Karl Ritter (1779-1859), Geograph.

74 Die Verse stammen aus dem zeitgenössischen Singspiel »Die Wiener in Berlin«.

75 *au centre des affaires et des plaisir* – (franz.) Im Zentrum der Geschäfte und des Vergnügens.

76 *Oppenheim* – hier nicht identisch mit dem Frankfurter Maler Moritz Daniel Oppenheim; vgl. Anmerkung 87.

77 *Bernhard* – Frankfurter Kaufmann.

78 *die Milder* – gemeint ist Anna Milder-Hauptmann (1785-1838), Star der Berliner Oper von 1816 bis 1831.

79 *Décidement elle n‹a point d‹esprit* – (franz.) Sie ist völlig ohne Witz.

80 *Minaudrien* – (franz.) veraltet für Zierereien.

81 *Rauch* – Christian Daniel Rauch (1777-1857), Bildhauer, Kunstprofessor.

82 *Bayerische Majestät* – gemeint ist Ludwig II. (1786-1868), regierte von 1825 bis 1848.

83 *v. Scheve* – Präsident des Kurmärkischen Pupillenkollegiums.

84 *Dolce jamais* – eine immer Sanfte.

85 *Calderon* – Pedro Calderón de la Barca (1600-1681), einer der größten spanischen Bühnendichter.

86 *Koterie* – Sippschaft, Kaste, Klüngel, Parteigruppe.

87 *Oppenheim* – Moritz Daniel Oppenheim (1801-1882), Frankfurter Maler; von ihm stammen zwei wichtige Porträtgemälde von Börne (1827 und 1831).

88 *Mediceeische Venus* – Venus-Statue aus der Sammlung Medici, Original im Palazzo Medici in Florenz.

89 *Niobe* – Gestalt der griechischen Sage, verglich sich aus Stolz auf ihre zahlreichen Söhne und Töchter mit Leto, der Mutter Appolons und der Artemis. Leto und Artemis töteten strafend Niobes Nachkommenschaft. Niobe erstarrte vor Schmerz zu Stein.

90 *Heine* – im November 1827 kam Heinrich Heine nach München und arbeitete dort für die »Neuen politischen Annalen«. Die Verhandlungen über eine Professur an der Universität zogen sich lange hin, blieben jedoch erfolglos.

91 *Dachles* – tachliss (hebr.), Endzweck.

92 »Der Kammerdiener« – Posse von Leitershofen, die im Februar 1828 in Berlin uraufgeführt wurde und insgesamt auf 112 Aufführungen kam.

93 *neuer Hans* – Anspielung auf eine Sympathie-Bekundung Jeanette Wohls für Molière (1622-1673) und sein Stück »Die lächerlichen Preziosen«.

94 *Hendel-Schütz* – Gattin des Jenaer Professors K.H. Schütz, bekannt für ihre theatralisch-dramatischen Gesten und Gesellschaftsskandale.

95 *Medea* – (Medeia) in der griechischen Sage die zauberkundige Tochter des Königs Aietes von Kolchis. Aus Liebe, Rache und Eifersucht tötete sie ihren Bruder, ihre eigenen Kinder und eine Nebenbuhlerin. Der Medea-Stoff ist ein beliebter Gegenstand der Malerei (Pompejanische Wandgemälde, Delacroix, Feuerbach) und des Dramas (Euripides, Seneca, Corneille, Grillparzer, Anouilh).

96 *Proselytenmacherin* – Proselyt (griech.), ursprünglich der vom Heidentum zum Judentum Übertretende; später allgemein: jemand, der die Konfession wechselt.

97 »Titan« – Roman von Jean Paul, d.i. Johann Paul Friedrich Richter (1763-1825); das umfangreiche Werk erschien zwischen 1800 und 1803.

98 *Prof. Casper* – Joh. Ludwig Casper (1796-1864), Mediziner, damals a.o. Professor in Berlin.

99 *Dr. Mappes* – Dr. J. Mappes (1796-1863), Arzt in Frankfurt.

100 *Sieboldsche Journal* – medizinische Zeitschrift, Untertitel: »Journal für Geburtshilfe«; erschien von 1813 bis 1838 in Frankfurt.

101 *Sonntagsgesellschaft* – Berliner Künstler- und Literatentreff, der als Konkurrenz der Mittwochsgesellschaft nicht ernst genommen wurde. Der »Berliner Courier« brachte entsprechende spöttische Kommentare von Saphir.

102 Bevor die »Gesammelten Schriften« Börnes 1829 bei Hoffmann und Campe in Hamburg herauskamen, hatte der Autor ohne Erfolg mit dem Stuttgarter Verleger Cotta verhandelt.

103 *Pfarrer Kirchner* – Anton Kirchner (1779-1834), Frankfurter Theologe und Pädagoge, setzte sich für Schulreformen ein. Verfasser einer Chronik »Geschichte von Frankfurt«.

104 Die Identität von Marie Kramm war nicht zu ermitteln. Das erwähnte Gedicht an Louise stand im »Berliner Courier« vom 13. März 1828.

105 Königin Louise – Königin Luise von Preußen (1776-1810).

106 *der deutsche Fielding* – Börne spielt hier auf den Vergleich mit Henry Fielding (1707-1754), dem englischen Schriftsteller an. Fielding gilt als der Schöpfer des komischen englischen Romans. Nach dem Urteil des Anglisten Ludwig Borinski ist »eine der weltliterarischen Leistungen Fieldings die endgültige Übertragung des spanischen pikaresken Romans nach England«.

107 Zimmern – gemeint ist vermutlich der damals bekannte Jurist Professor Siegmund W. Zimmern (1796-1830).

108 *Ostentation* – veraltet für Schaustellung.

109 Gemeint ist Karoline Schiller (1799-1850), die ältere Tochter aus der Ehe mit Charlotte von Lengefeld.

110 *Houwaldsche Bild* – gemeint ist Börnes Besprechung von 1820 des Trauerspiels »Das Bild« von Ernst Christoph Freiherr von Houwald (1778-1845) in seiner Rezensions-Sammlung »Dramaturgische Blätter«.

111 *weibliche Sichel* – gemeint sein könnte Jakob Mayer Sichel (1786-1821), ein Jugendfreund Börnes; war mit Henriette (»Jettchen«) Samson verheiratet.

112 *Praxiteles* – Meister der spätklassischen Marmorskulptur in Athen (etwa 375-325 v.Chr.).

113 August Wilhelm (von) *Schlegel* (1767-1845), Kritiker, Literaturhistoriker, Orientalist, Übersetzer und Dichter, a.o. Professor in Jena, Wien und Berlin. Bekannte Schriften u.a. »Über dramatische Kunst und Literatur« (1809-1811), Mitarbeiter an Schillers »Horen«, verfasste Essays über Goethe und übersetzte u.a. Shakespeare und Calderón.

114 *regalieren* – unentgeltlich bewirten.

115 Hauderer – Mietfuhrmann, Fuhrmann.

116 *Diorama* –Schaubild.

117 Gemeint ist Schlegels Schrift »Berichtigung einiger Mißdeutungen« (Berlin 1828).

118 *Ferdinand Cortez* – Hernando Cortés (Cortez) (1485-1547), eroberte 1519 Mexiko für die spanische Krone.

119 *Prinzessin Carl* – gemeint ist die Weimarische Prinzessin Marie Alexandrine.

120 *Cherubini* – Luigi Cherubini (1760-1842), italienischer Komponist.

121 Während Börne sich über die Mendelssohnsche Familie in der Hauptsache positiv äußerte, hat man sich im Hause Mendelssohn zum Teil lustig über ihn gemacht, wie sich aus einer Schilderung der älteren Schwester von Felix Mendelssohn-Bartholdy (Fanny) vom 18. Juni 1828 ergibt: »[...] wir haben ihn lange hier gehabt, und allein, mit anderen Leuten, mittags, abends, und in allen Beleuchtungen kennengelernt, und nie hat er sich verleugnet als ein kleiner, schwerhörender und schwerer begreifender Mann, dem die einfachsten Dinge fremd und neu sind, der sich wie der gemeine Haufen der Frankfurter wundert, daß die Berliner auf den Hinterfüßen stehen und mit den Vorderpfoten essen, und daß die Bäume wirklich auch hier grün werden, nachdem der Schnee wirklich auch weiß war [...]«

122 Im Original L.V.P., Ludwig Geiger vermutet Lea Mendelssohn-Bartholdy.

123 *Abenceragen* – gemeint ist die Oper von Cherubini, die am 11. März 1828 erstmals in Berlin aufgeführt wurde.

124 *Schiebkärcher* – jemand, der mit der Schubkarre arbeitet.

125 *Tu l‹as voulu Georges Dandin* – (franz.) Du hast es nicht besser haben wollen Georges Dandin. Geflügeltes Wort; als Zitat stammt es aus der Molière-Komödie »Georges Dandin – oder der zum Schweigen gebrachte Gatte« (1668).

126 *wegen des Calderons* – hier spricht Börne seinen Plan zur Vorrede einer Übersetzung Calderons an.

127 Börnes Teilnahme am gesellschaftlichen Leben hielt sich offenbar in Grenzen. Am 2. Oktober 1830 schrieb Jeanette Wohl ihm nach Paris:

»Doch fürchte ich immer, Sie fallen wieder in die nämliche Einförmigkeit wie vor mehreren Jahren in Berlin, wo Sie auch aus Trägheit, statt sich in der großen Welt herumzutreiben [...] jeden Abend bei Saalings zubrachten. Fassen Sie den edlen Vorsatz, ein homme du monde zu werden [...]«

128 *Rinaldo Rinaldini* – Held eines damals vielgelesenen Räuberromans von Christian August Vulpius (1762-1827), Schriftsteller, Schwager Goethes.

129 *kopulieren* – heiraten, eine Verbindung eingehen.

130 *Mauth* – Zoll, Douane.

131 *Zacharias Werner* – Dichter und Schriftsteller (1768-1823); romantischer Dramatiker, der nach Konversion zum Katholizismus 1810 seine früheren Werke widerrief. Werke u.a.: »Das Kreuz an der Ostsee«, Tragödie (1806), »Die Weihe der Urkraft«, Drama (1814), »Die Mutter der Makkabäer«, Tragödie (1820).

132 Damals übliche Karfreitagsaufführung der Singakademie unter Zelters Leitung.

133 *Reichhardts Guide de Voyageur* – beliebter Reiseführer des frühen 19. Jahrhunderts.

134 *Abraham a Santa Clara* – d.i. Johann Ulrich Megerle (1644-1709), Augustinerpater, Hofprediger in Wien. Börne ahmt hier dessen Stil und Wortspiele nach.

135 *Devrient* – Ludwig Devrient (1784-I833), Berliner Schauspieler und Dramaturg.

136 *Raupach* – Ernst Raupach (1784-1852), erfolgreicher Modedramatiker.

137 *verinteressieren* – hier im Sinne, von sich rentieren, sich lohnen.

138 Accoucheur – Geburtshelfer.

139 *Postrestant* – postlagernde Sendung.

140 *Sachs* – hier ist offensichtlich nicht der Schriftsteller J.J. Sachs (Biograph Michael Beers) gemeint, sondern Börnes ehemaliger Hauslehrer Jakob Sachs.

141 *Rüppel* – Eduard Rüppel (1794-1884), Geograph und Reiseschriftsteller, kehrte am 31. März 1818 von einer längeren Forschungsreise aus Ägypten zurück.

142 *Pandekten* – Sammlung von Sprüchen aus dem römischen Recht, scherzhaft für Rechtswissenschaft; hier: Anspielung auf den Juristen Professor Zimmern.

143 *Il vaut mieux jamais que tard* – (franz.) Lieber nie als zu spät.